U0028797

CONTENTS

Illust：Nardack

《序章》

與菲亞重逢後，我們在加拉夫贏得鬥武祭冠軍，公會等級升到中級，經歷了許多事……離開得非常倉促。

原因在於我跟雷烏斯的粉絲在入口處埋伏我們，推測是因為這座城市有鬥技場，居民容易被強者吸引。

大部分的人都是捨不得我們離開，不過……

『請讓我與天狼星閣下同行。』

『有我在的話，之後的旅程會比較輕鬆喔。』

『要我打雜還是做什麼都可以，請帶我一起去！』

有些人卻要求跟我們一起走。

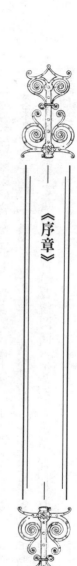

若我們有固定的據點也就算了，現在我的目的是到各地增廣見聞，不打算積極收人為徒。

其中也有想雇我們當護衛的商人，以及企圖利用我們撈好處的人，我便決定無視他們，直接啟程。

離開城市後，那些傢伙還在後面追了一段時間，但他們不可能贏過北斗的速度及持久力，等到越過一座山，終於成功甩掉那群人。

「呼……總算放棄了。」

「不可能有人跟得上北斗先生拉的馬車。」

北斗的體力幾乎沒有極限，能夠一直跑下去，就算是騎馬的冒險者也不可能追上。

馬車持續行駛了好幾個小時，確認沒人跟在後面後，我們恢復正常速度，悠閒地在街道上前進。

我和艾米莉亞一起坐在駕駛座，悠悠哉哉看著北斗的背影，本來在馬車裡休息的菲亞將下巴靠到我肩上，笑著說道：

「速度快成這樣還幾乎不會搖晃。這麼方便的馬車連王族都沒有吧。」

「那當然，這輛馬車可是天狼星少爺設計的。」

「但它是賈爾康商會製造的喔。那邊的技術力真的了不起。」

艾米莉亞像在為自己驕傲般挺起胸膛，我不禁苦笑，想起製造這輛馬車的時候。

我將懸吊系統之類的技術賣給賈爾岡商會，代價就是請他們把我想到的機能統統裝上去。

可能在馬車界掀起一陣革命的技術，令賈爾岡商會的札克笑得合不攏嘴，不過他們費了好一番工夫，才回應我提出的高難度要求。

撇除掉部分情況，馬車本來應該要著重在能載多少人和多少物品。

然而，我又不是要做生意，而是想多長點見識……類似於旅行，訂製舒適的馬車也是理所當然。

「欸大哥，我肚子餓了。」

為了避免被那群難搞的人纏上，我們走得很趕，導致在馬車上倒立，藉此鍛鍊平衡感的雷烏斯肚子大叫一聲。

從太陽的位置判斷，現在時間將近中午，不只雷烏斯，莉絲感覺也快肚子餓了，我便命令北斗把馬車停在視野良好的地方，大家分頭準備午餐。

雷烏斯和北斗負責狩獵動物張羅肉類，艾米莉亞幫忙採香草跟山菜，莉絲及菲亞則協助我下廚。

我用大家找來的食材料理山菜炒肉，再用出發前做的生麵條做了類似炒麵的料理，當成午餐。

說到炒麵，我在加拉夫做炒麵的試作品時，貝奧爾夫來跟我報告他要離開這座城市，去找剛劍萊奧爾。於是我便招待他吃了炒麵，做為餞別，貝奧爾夫吃得津津有味。

可是雷烏斯狠狠瞪著他，彷彿在抱怨貝奧爾夫害他能吃的量減少，最後變成氣氛有點尷尬的餞別會。

我邊吃邊想不曉得貝奧爾夫何時會見到萊奧爾，發現吃完炒麵的菲亞在嘆氣。

「怎麼了？不合妳胃口嗎？」

「怎麼可能。炒麵很好吃喔，我只是在想事情。」

「天狼星少爺的料理當然好吃。那麼，菲亞小姐在擔心什麼呢？」

聽見艾米莉亞的疑問，菲亞苦笑著環視大家。

「該怎麼說呢，我只是覺得加入你們後，再也無法像以前一樣一個人旅行。」

「菲亞小姐……我很能體會妳的心情！我也這麼覺得。」

「怎麼說？」

「因為有美味的餐點、舒適的馬車，還有可靠的夥伴嘛。就算吃得了苦，嘗過奢侈的滋味後就回不去了。」

「確實！」

不愧是一直獨自旅行的菲亞，很能理解我們的異常之處。艾米莉亞與雷烏斯用力點頭。

菲亞被兩人的反應逗笑，再度嘆息，用手遮住臉。

「所以我才想努力幫上大家的忙，做什麼都可以……結果徹底失敗了。我根本派不上用場……」

這樣講對陷入消沉的菲亞不太好意思，不過說實話，在料理方面她幫不上什麼忙。

菲亞幾乎沒下過廚，沒機會幫我跟莉絲的忙，也許是因為旅行途中，她都靠鎮上的餐廳或乾糧過活。

「不必難過啦。妳不介意的話，我教妳做菜如何？」

「麻煩了。這樣下去我實在沒臉當大家的同伴。」

「慢慢來就好，別想那麼多。」

沒必要勉強改變自己，但既然本人有那個意願，就該給予指導。

我的方針是若有需要，不惜來硬的都要逼他們學會，除此之外就讓弟子自由發展。

事實上，這幾位弟子就是自己思考過後做出選擇，決定跟隨我的。

「剩下就是足以跟上你們訓練的體力。我從來沒有這麼認真鍛鍊身體過。」

離開加拉夫前，我們測了體力，菲亞畢竟當過冒險者，體力還不錯，可惜還跟不上我們的訓練。

她能在對手接近前就用精靈魔法將其打倒，移動也只要藉助風的力量即可，所以之前都沒那個必要鍛鍊體力。

雖然我覺得不可能，搞不好之後會有精靈因為某些原因，不肯借她力量的時候。我告訴她必須學會在最壞的狀況下也能應對，菲亞便跟我說她想和大家一起鍛鍊。

似乎是想起了過去的經歷，以及被我救的那次失態。

「之後的路程大家輪流訓練吧。菲亞先跑到體力耗盡好了。」

「唔……難度一下就跳這麼高。」

「那個，天狼星前輩不會逼人做做不到的事……加油！」

「只有剛開始會累而已。而且想到能回應天狼星少爺的期待，痛苦也會轉變為快樂。」

「習慣後超有充實感的！」

菲亞看起來有點不安，但她還是做好覺悟，點頭答應，其他徒弟則用自己的方式為她打氣。

「很好，就是這樣。」

「呼……呼……果然、很累。」

在那之後，吃完午餐就出發的我們照剛才所說，輪流下馬車用跑的。

我跟雷烏斯配合菲亞跑在她旁邊，艾米莉亞及莉絲已經達成今日目標，在馬車裡休息。

只有菲亞我叫她一直跑下去，不要減速。

我正在教她維持固定速度跑步的方式，差不多可以進入下一階段。

「我、我不討厭訓練，可是比想像中還累耶。」

「過那座山丘就暫時休息吧。代價是妳要全速跑完。」

「啊啊……討厭！既然這樣，要做就做到底，訓練完要給我獎勵喔！膝枕可以吧！」

「膝枕就能讓妳滿足的話真划算。好了，一口氣跑過去。」

「大哥，我先走囉！」

雷烏斯戴著用比鐵還重的礦石做成的手環及腳環，追過馬車，直線跑向山丘。

菲亞見狀，傻眼地嘀咕道：

「跟我跑的一樣久再加上戴著拘束器，還能跑那麼快。你們真的太異常了。」

「我承認。不過接受異常的我的教育，表示妳也會變得跟我們一樣喔？」

「事到如今說這什麼話。只不過是從妖精中的異類變成世人中的異類罷了。這樣就能跟你們在一起的話，要我變得多異常都可以！」

菲亞神情嚴肅地大叫，擠出最後一絲力氣，從馬車旁邊跑過去。

在駕駛座聽見她吶喊的艾米莉亞與莉絲，溫柔看著菲亞的背影。

越過山丘，將累癱的菲亞帶回馬車後，我依約讓她躺在大腿上。

即使沒有那個約定，我也打算讓她躺大腿，以便對她使用再生能力活性化，然而躺在我腿上的菲亞看起來樂不可支，我想也沒必要特別告訴她。

就算用了再生能力活性化，對象不處於睡眠狀態，效果就不會好。

因此我在等菲亞睡著，她卻一直笑著凝視我的臉。

「菲亞，怎麼了？勸妳閉上眼睛休息一下。」

「我知道，可是總覺得有點可惜。只有這種時候才能躺你的大腿吧？」

「看情況，想躺的話直說不就得了。」

「雖然我這個樣子講這種話很沒說服力，我是想讓你躺大腿的那一方。妳們也這麼覺得吧？」

坐在附近的艾米莉亞跟莉絲點頭附和。

尤其是艾米莉亞，她輕輕拍了下大腿，露出「隨時恭候您大駕光臨」的笑容。

「這個嘛，我是有想過哪天請妳把腿借我躺一下，不過現在得先讓妳恢復體力。妳累了，好好休息吧。」

「呵呵……說得也是。那我睡一下……」

話還沒說完，菲亞就睡著了。我把手放在她頭上，慎重注入魔力，以免干擾她睡覺，艾米莉亞和莉絲看著這一幕，輕聲嘆息……

「……菲亞小姐太奸詐了。」

「嗯，太奸詐了。」

「什麼東西奸詐？」

「睡臉超級性感！」

「是指這個啊……」

兩人異口同聲，羨慕地大喊。

菲亞自然而然露出男人會不小心看呆的性感睡臉，似乎令她們羨慕得不得了。

就我看來，睡臉跟小孩子一樣天真無邪的艾米莉亞，以及莉絲那帶著幸福笑容、毫無防備的睡臉，同樣相當有魅力。她們聽我這麼說，羞得臉泛紅潮，很高興的樣子。

「妳們也有自己的魅力，不需要羨慕人家。我喜歡的是妳們最自然的模樣。」

我招招手，兩人便喜孜孜地湊過來，我一手為菲亞注入魔力，另一隻手則摸著她們的頭。

就這樣，我們一邊訓練，一邊前進，趁天黑前在街道不遠處準備紮營。

我們按照慣例，分工合作，只有菲亞因為訓練的緣故累到動不了，坐在營火前休息。

「嗚嗚……對不起。我明明是新人還什麼忙都幫不上……」

「別在意。艾米莉亞她們剛開始也是這樣，慢慢習慣就好。」

晚餐煮到一半時，我請艾米莉亞跟莉絲接手，幫一臉愧疚的菲亞按摩，順便檢查她的身體狀況。

「除了手和腳，還有沒有地方會痛？」

「好像……沒有。嗯……那裡……好舒服。」

「不要發出這麼撩人的聲音。」

「可是，我從來不知道按腳這麼舒服。大家都給你按過嗎？」

在顧鍋子的艾米莉亞及莉絲笑著點頭肯定。

「剛開始訓練時，我們也有讓天狼星少爺幫忙按摩。最近次數雖然減少了，第一次接受按摩時的感受，我到現在都忘不了。」

「嗯，非常舒服。不過也會非常想睡。」

「大哥幫我按摩的時候，我一下就睡著了！」

跟想要多享受一下，另一方面又覺得不好意思的兩位女性不同，雷烏斯馬上就會睡著。

「呼……我很能體會那種心情……」

「放鬆是可以，要睡的話至少吃完晚餐再睡。」

「我現在吃得下嗎？因為太累的關係，搞不好不太吃得下……」

「……也對。」

菲亞摸著肚子苦笑，我深深同意。

正常情況下，跑了那麼久累成那樣，沒食慾也是理所當然。

然而……

「吃不下……開玩笑的吧？我反而會餓到不行耶？」

「天狼星少爺做的料理十分美味，我每天都會吃得很滿足。」

「對呀。做越多訓練，肚子就會越餓。」

「……是我有問題嗎？」

三名弟子一同表示疑惑。是激烈運動過後還能正常進食的你們有問題啦。

因為種族因素，基礎身體能力不同的艾米莉亞及雷烏斯食量大還可以理解，至於怎麼看都是一般人族的莉絲，真的是個謎。

「放心吧，妳那樣才正常。總之我煮了清湯，至少吃點東西。不攝取營養是最不健康的。」

「特地為我做的嗎？那我努力看看。」

菲亞從艾米莉亞手中接過我煮的湯，沒有立刻開動，大概是因為沒食慾。

但她似乎發現這道湯挺香的，戰戰兢兢把湯送入口中，有點驚訝地盛了第二口。

「嗯……這樣應該吃得下去。」

我用在銀狼族部落取得的魚，做出類似柴魚的食材，這是用它煮成的湯。考慮到疲憊的胃，我口味做得比較清淡，可是這道湯是用蔬菜慢慢熬出來的，應該足夠營養。

「剩下的我們會吃掉，吃妳想吃的量就好。」

「天狼星少爺，我們的份也做好了。要不要開飯了？」

「大哥，我肚子好餓。」

「我也好餓喔。」

孩子們——不對，弟子們開始喊餓，於是我們也開動了。

弟子們帶著滿面笑容，享用跟菲亞的湯分開來煮、裡面有一堆料的湯，以及夾了肉、蔬菜、獨門醬汁的七彩三明治。菲亞在一旁看著，喃喃自語：

「……訓練確實很累，不過有這麼豐盛的晚餐，自然會提起幹勁。難怪大家會變強。」

吃完晚餐，到了清潔身體的時間。

野外不可能有澡堂和溫泉，旅途期間普遍都只會用熱毛巾擦拭身體，但我們只要有水就能洗澡。

我從馬車裡拿出導熱性低的特殊鐵塊，放在地上注入魔力，鐵塊便開始變形，往四周延展開來。

這個鐵塊畫著能改變物體形狀的魔法陣「土工」，注入魔力就會變成固定形狀。簡單地說，類似形狀記憶合金。

鐵塊變成的，是能輕易容納三個人的大浴缸。

之後只要用莉絲的精靈魔法召喚水，再叫雷烏斯把手放進浴缸持續發動「火拳」，就有熱水可以用了。然後把繩子繫在馬車附近的樹上，用布做出隔間，便是一個簡單的浴室。

女性組先洗，因此我在馬車的另一側看書，雷烏斯則練劍打發時間。北斗待在隔間附近看守，魔物或強盜接近也不成問題。

即使如此，為了以防萬一，我還是不會離太遠，所以女性組的對話全被我聽見了。

「呼……真舒服。沒想到在外面還可以洗澡。」

「我不知道其他旅人的情況，不過我們真的過得很奢侈。」

「如果天狼星少爺也一起洗就更好了。很久沒幫他擦背。」

「不錯呀。欸，天狼星，要不要進來？」

「咦咦！等等，怎麼連菲亞小姐都！」

「不……我不會去的。」

最近這三個人一有機會就會引誘我，毫無計畫就突擊非常危險。之後，艾米莉亞和菲亞又纏了我一陣子才放棄。至於雷烏斯，他正在專心練劍，連我們講話都沒聽見吧。

「…………好好喔。」

「怎麼了莉絲？菲亞小姐身上有什麼東西嗎？」

「咦……啊，嗯。她皮膚好好，我很羨慕……」

「對呀，妖精真奸詐。」

「哎呀，妳們不也有我沒有的優點？年紀輕輕胸部就這麼大，太犯規了。」

「我、我又不是自願長那麼大的……」

「因為我為了讓天狼星少爺滿意，努力過了嘛。」

……還是戴個耳塞吧。

總覺得最好不要再聽下去。

《與藍髮少女邂逅》

從加拉夫出發後過了三天，我們一面訓練一面前進。變得比較習慣訓練的菲亞，現在也多少吃得下飯了，不必特地為她分開來煮。

現在我們駛出街道外，決定好紮營地後著手準備晚餐。可能是因為今天比較早找好地方，太陽尚未下山，天空也還很亮。

偶爾會發生這種事，所以我們並不在意，提早開飯。

「唉……真好吃。沒想到我會這麼快習慣。」

「這是妳努力的證據。要再來一碗嗎？」

「來一點好了。這道叫烏龍麵的料理有點難咬，不過挺美味的。」

「我也要再來一碗。」

「大哥，還有我！」

「天狼星少爺，我也可以再添一碗嗎？」

最近我開始認真鑽研的烏龍麵，評價似乎不錯。

看弟子們紛紛要求再來一碗，我迅速煮好麵條，放入大家的碗裡，這時坐在附近的北斗突然站起來，我反射性發動「探查」，調查周圍。

儘管還有一些距離，我偵測到幾個反應正在接近，便開始收拾廚具，過沒多久，弟子們好像也發現了。

「天狼星少爺，有人靠近這裡。」

「我也有感覺到。數量不多，可是速度好快。」

「嗯……那些人還帶著一點敵意，有點奇怪。」

「至少目標不是我們。精靈告訴我的。」

艾米莉亞和雷烏斯憑味道及直覺，莉絲與菲亞則是靠精靈的聲音察覺異狀。

雖然搞不清楚狀況，聽見對方抱持敵意，我們反射性加強警戒，可是每個人手上都拿著裝烏龍麵的碗，實在沒什麼緊張感。

「……看是要立刻吃掉，還是乾脆放著——」

「「我吃完了！」」

「好燙!?等、等我一下！」

等大家瞬間吃完熱騰騰的烏龍麵——菲亞吃得有點辛苦——整理好東西時，從遙遠山丘跑過來的人影，也接近到肉眼可視的距離。

「那是……女孩子嗎？有點不對勁呢。」

「對呀。一個人跑到這種地方，太奇怪了。」

「姊姊，她是不是在被人追啊？」

如雷烏斯所說，五名男子騎著馬追在少女身後，她似乎正在拚命逃跑。

這種人通常會是盜賊之流，但在一無所知的情況下衝出去，太危險了。

「你們幾個，我想不必我說了……」

「是，先分辨敵我再救人……對吧。」

「這是冒險者的基本守則唷。而且仔細一看，後面那些男人身上的裝備挺不錯的。看起來不像盜賊，搞不好是要把貴族家的小孩抓回來。」

「可是她逃得好賣力……咦？」

我們持續戒備，接著少女好像也發現我們了，不知為何停下了腳步。

搞不好是把我們誤認為敵人，前後的路都被堵住，不知道該怎麼辦。

少女的迷惘讓後方的男人有機可乘，對著她……

「啊!?」

「他們來真的啊！可惡！」

射出箭矢。

箭矢似乎只有擦過她的腳，少女卻當場倒下，莉絲和雷烏斯立刻像彈出去似的衝上前。

碰到這種狀況，這些孩子果然無法坐視不管。

「天狼星少爺……」

「我知道。照你們的意思做吧。」

「是！」

遵守我的教誨沒有行動的艾米莉亞，尾巴正在微微抖動，看來是在克制不要去幫忙。

雖然感覺會惹上麻煩，還是去救人吧，反正我本來就不打算放著那名少女不管。得到我的允許，艾米莉亞飛奔而出，我正準備追過去，站在旁邊的菲亞苦笑著把手放到我肩上。

「那些孩子太年輕了。可是，真溫柔啊。」

「太天真了，不過那也是很棒的優點。得好好保護他們才行。」

「是呀。我這個年長者也會出一份力。」

「嗷！」

「嗯，拜託囉。那走吧。」

我有種爸爸要去照顧孩子的心情，帶著菲亞和北斗，追在三人身後。以他們三個的實力應該不會出什麼意外，但為了以防萬一，還是待在附近比較好。

我們慢半拍採取行動時，腳程快的雷烏斯已經抵達少女身邊。

嗯……若是以前，他八成會直接把對方護在身後，現在則有特別留意，待在能同時看見男人跟少女的位置。

「沒事吧？」

「啊……那個……」

「我嗎？我看妳好像有危險，就來幫忙了。馬上會有人來幫妳治療，待在這別動。」

「不、不是的！快逃！」

「我特地來救妳的耶，哪能逃──喝！」

在他安撫少女之時，又有一支箭射來，雷烏斯拿起大劍，將其擊落。

連無辜的雷烏斯都一起攻擊嗎……

我心想「這群人真野蠻」，這時莉絲也趕到了，對愣在那邊的少女說：

「還好嗎？我立刻為妳治療。」

「不、不用了，你們快逃。那些人的目的是要抓我，趁兩位還沒被波及──」

「不會有事，交給我們吧。雷烏斯很強的。」

「嗯！小菜一碟啦。是說那些人是敵人嗎？我可以幹掉他們嗎？」

「這、這個……」

「算了。總之讓他們閉嘴再說，莉絲姊，那孩子拜託妳囉！」

少女猶豫著該怎麼回答，雷烏斯似乎判斷既然他們先對自己出手，在不會死人的前提下教訓那些人也無妨。

他擊落箭矢，堵在騎馬逼近的男人面前，阻擋他們前進。

馬上的五人穿著豪華的全身鎧，只有頭盔拿下來掛在馬具上，因此看得出全員都是人族男性。

看雷烏斯擋在前面，男人們放下弓停下馬，疑似頭目的男子持槍指向雷烏斯。

「你是什麼人！那女人的同夥嗎？」

「我只是個旅人，不是她的夥伴。我才要問你們突然射箭是怎樣！」

「我們是深受米拉大人的信任，負責制裁重犯的女神使徒。我們已經得到許可，若有人膽敢妨礙，一律排除。」

「許可？我不知道那個米拉大人是什麼東西啦，不過哪有女神會允許別人幹這種跟盜賊一樣的事。」

「你這個沒聽過米拉大人之名的蠢貨！要反抗也可以。看我們連你跟那個重犯一起制裁！」

「住手！米拉大人不會希望發生這種事。我們沒必要起爭執！」

少女拚命吶喊，試圖阻止他們，怒火中燒的男子卻不肯收手，五人都持槍衝向雷烏斯。

我在一旁觀察他要如何應付騎在馬上、位置比自己高的對手，雷烏斯手拿大劍，深吸一口氣……

「放馬過來！」

大吼著釋放殺氣，藉此嚇阻男子與馬匹。

應該是模仿我在鬥武祭上做過的事，但那個殺氣的釋放方式，比起我更接近萊奧爾爺爺。

儘管魄力不及萊奧爾，對那種貨色好像也夠有效了，雷烏斯確認他們停下後，立刻衝出去。

「唔!?大家冷靜——什麼!?」

「喝啊啊啊啊——！」

雷烏斯一步就殺到頭目面前，揮下大劍，用刀背把他打下馬。

與此同時，他拿空出來的馬背當踏臺跳到空中，再度揮舞大劍，擊落仍然處於驚慌狀態的兩人。

「臭小子！區區獸人竟然忤逆米拉大人的使徒！」

「現在你也是制裁對象了！」

「什麼忤逆，我又不認識什麼米拉！」

兩名男子趁雷烏斯落地時刺出長槍，他扭轉身體閃避攻擊，抓住其中一把槍，反過來把對方連著槍一同舉起。

「怎麼可能⁉給我放——」

「你就是最後一個啦！」

他直接連人帶槍揮舞，把最後一人從馬背上打下來，拿劍指著試圖起身的男子們。

「這樣高度就都一樣了。有種來啊，看你們要從哪個方向進攻都可以。」

「混帳東西！對手只有一個人，包圍住就好！全員散開！」

其中一個人摔在地上失去意識，因此剩下四名男子包圍雷烏斯後，重新發動攻擊。

「好厲害，竟然對付得了那些人……」

「呵呵，其實還有比雷烏斯更強的人唷。我能理解妳擔心那邊的心情，不過我想幫妳治療，麻煩讓我看一下傷口。」

「可是我身上什麼都沒有，也沒有錢……」

「不會跟妳收錢啦。而且是我不忍心放著傷患不管，自己要幫妳治療的。」

莉絲說服少女，著手幫她治療時，雷烏斯的戰鬥即將落幕。因為其他人看見被他用大劍擊中的男人直線飛出去，逐漸喪失戰意。

剩下三人光拿住長槍就竭盡全力，整個嚇到腿軟。

「還要打嗎？乖乖扔掉武器，下場就不會跟那個人一樣慘囉？」

「對、對我們做這種事，米拉大人會制裁你的！」

「就跟你說我沒聽過了。還有，只有大哥和姊姊有資格罵做錯事的我。」

「可惡……暫時撤退！回去重整態勢！」

由於那些人絲毫沒有投降的意思，雷烏斯舉起大劍，準備讓其他人統統安分下來，他們卻紛紛逃往不同的方向。

雖然他們是一群開口閉口都是米拉大人的可疑人士，至少擁有遇到敵不過的對手會選擇逃跑的智慧。分頭逃跑，企圖提升存活率的做法，或許值得稱讚幾句。

可惜……

「別想逃！」

「沒錯！『風彈』。」

「大家，去跟那些人玩玩。」

我們也有同伴。

儘管他們往不同方向逃竄，立刻追上的雷烏斯的劍，以及艾米莉亞跟莉絲的風魔法，一擊就讓他們全部暈了過去。

就這樣，敵人統統失去戰力，姊弟倆迅速把所有人綁起來，我和菲亞則走向正在接受治療的少女。

「這樣就行了……還會痛嗎？」

「沒有！不如說狀況比之前更好了……我從來沒看過這麼厲害的治療魔法！」

「啊哈哈，謝謝誇獎。」

少女臉上痛苦的表情蕩然無存，見識到莉絲的治療魔法，她既感動又興奮，發現我們都在看她後，害羞地低下頭。

總覺得讓人想到小時候的莉絲。我笑著旁觀，冷靜下來的少女對我們深深一鞠躬。

「不好意思，這麼晚才跟各位道謝。謝謝你們救了我。」

「別客氣。我只是無法原諒那群人做那麼過分的事。」

不只雷烏斯，艾米莉亞跟莉絲也露出滿足的笑容，然而，我們還沒搞清楚少女被追的理由。

我認為她至少不是壞人，但她的行為舉止及氣質並不尋常，所以我和菲亞沒有放鬆戒心，盯著少女看。

話雖如此，事情緣由八成會講很久，於是我們暫時帶少女回到馬車。

「嗷！」

「哇!?魔、魔物？」

「牠是我的從魔北斗。聽得懂人話，還非常聰明，平常心跟牠相處就好。」

少女被看守馬車的北斗嚇了一跳，喝了艾米莉亞泡的紅茶後終於恢復平靜，大家便重新自我介紹。

「我是這個隊伍的隊長天狼星。」

「我是天狼星少爺的隨從艾米莉亞。」

「我叫雷烏斯，是大哥的弟子。」

「我叫莉絲，同樣是弟子。多指教囉。」

「我叫菲亞，算見習弟子吧？」

「我的名字叫阿修莉。真的很感謝各位救了我。」

阿修莉的年紀差不多比我們小五歲，跟莉絲一樣的藍髮剪短到脖子附近，是一名可愛的少女。她現在有點髒，身上的法衣也到處是破洞，略顯狼狽。

不過剛才優雅的鞠躬及各種動作，讓人猜想她是不是哪個貴族名門之女，看到她胸前的太陽形項鍊，我想起一件事。

「那個項鍊，妳是米拉教的信徒嗎？」

米拉教。

這個世界的宗教之一，來到阿德羅德大陸後我才聽過這個名字。

虔誠的信徒似乎挺多的，偶爾會看見信徒戴著米拉教的象徵——太陽紋章的項鍊，幫助有困難的人。

米拉被奉為愛的女神，給予人們愛情，是保佑眾人得到幸福的慈愛女神。

實際上，我目前看過的信徒大多是善人，會笑著對遇到困難的人說「願米拉大人的愛守護您」，幫助他們，聽說是與「愛」這個詞相襯的正派宗教。

順帶一提，我認為要信仰什麼宗教是個人自由，只要別來纏我們，都不會特別在意。

「……是，你說得沒錯。」

「大哥，你知道米拉是啥東東喔？」

「大概知道而已。米拉被奉為愛的女神，加拉夫也有戴那種項鍊的人不是嗎？」

「經天狼星少爺這麼一說，確實看過那樣的人。」

「那剛才那些踹到不行的傢伙也是信徒嗎？明明被叫愛的女神，還允許信徒做那麼過分的事，好扯的女神。」

「不、不是的！米拉大人……米拉大人並不希望發生那種事！」

「看妳剛才被自稱使徒的人追，事有蹊蹺啊。不介意的話，要不要跟我們商量看看？說不定能幫上什麼忙。」

「可是，不能再把各位捲進來。我沒問題的，請各位不用在意。」

事已至此，大可跟我們說明一下，阿修莉卻因為擔心我們，不想說的樣子。

這孩子沒道理陷害我們，我想應該可以信賴她。

剛才追她的那群人也好，事情似乎變得非常難處理，不過我其實因為某個原因，需要瞭解米拉教，態度便變得比較積極。

「但就這樣跟妳道別，什麼事都不知道，反而會讓人放不下心。」

「對呀。而且妳雖然說自己沒問題，之後有地方去嗎？妳看起來沒帶水也沒帶糧食，用走的話離最近的城鎮得花好幾天唷。」

「這……」

「那些傢伙在追妳，是因為妳犯了什麼錯嗎？」

「我……不記得自己做過玷汙米拉大人之名的行為。」

「那可以請妳告訴我們嗎？妳的表情那麼痛苦，不能放著妳不管。」

「大家都是很可靠的人唷，希望妳和大家說說看。」

如我所料，弟子們也非常擔心阿修莉。

大家都在說服她，加上莉絲一邊說話，一邊溫柔撫摸她的肩膀，阿修莉臉頰滑過一道淚痕，點了下頭。

「……謝謝各位。那個，其實我——」

阿修莉準備開口的瞬間，肚子大叫了一聲。

「對、對不起！我從昨天開始就沒吃什麼東西……嗚嗚……」

「先吃飯吧。烏龍麵還有剩，我馬上準備。」

阿修莉滿臉通紅，手足無措，我對她露出微笑，拿出收拾好的餐具，菲亞之外的弟子都走了過來。

「嗯？你們要來幫忙嗎？那就分頭準備火跟水——」

「「「有我的份嗎？」」」

「……有。」

他們明明剛剛才吃過，看來果然不夠。

弟子們的食慾依然旺盛，我苦笑著將麵條扔進鍋子。

「……好神祕的食物，不過很美味！」

「因為是天狼星少爺做的嘛。」

「請幫我再添一碗。」

「我也要！」

阿修莉辛苦地用叉子吃著烏龍麵，幸好合她口味。

不知道是不是她食量本來就偏小，吃完一碗就滿足的阿修莉，重新跟我們說明事情緣由。

「我是佛尼亞的米拉神殿的聖女。」

佛尼亞是我們準備前往的城市。

我本來就不覺得她只是單純的信徒，沒想到是聖女。

然而，她現在被制裁重犯的使徒追捕，怎麼想都覺得有什麼複雜的問題。

「不好意思，我插個嘴，聖女在米拉教中處於什麼樣的地位？」

「聖女是唯一聽得見米拉大人神諭的存在。就地位來說，比地位最高的教皇大人低兩階……吧？」

「相當偉大的意思。那為啥那些人要追妳這個聖女？」

聽見雷烏斯的問題，阿修莉將視線移到失去意識、倒在旁邊的男子身上，哀傷地閉上眼，開始述說。

「那是因為……米拉大人下達神諭，說我是違背教義的重犯。」

「違背教義呀……妳沒頭緒嗎？」

「沒有。我不覺得愛的女神米拉大人，會下達那種神諭。而且……聽見那個神諭的人並不是我。」

「能聽見神諭的不是只有聖女嗎？除了妳以外還有其他聖女？」

「不，米拉教的聖女只有我而已。可是……」

「有其他聽見神諭的人嗎……是那個人說的？」

「是的。他說自己聽見我違背米拉大人教義的神諭，想要制裁我。」

那人名為多魯加，是權力與聖女阿修莉同等的大主教。

「半年前開始，大主教大人也開始聽見本來只有聖女能聽見的神諭。」

起初大家當然半信半疑，可是下達神諭時會有的現象確實發生了，神諭的內容也成為現實。

聽說那人事前就能知道火災發生地點，連附近的河川氾濫這種天災都能預知。我認為兩者都是可以人為操控的事件，不過只要說那是神的指示，信徒就會無條件相信。

大主教的神諭比阿修莉聽見的更加具體，因此其他人逐漸相信他，聖女阿修莉的地位則隨之下降，神殿裡的同伴越來越少。

「即使如此，我也不在意。大主教的神諭拯救了許多人，只要大家能感受到米拉大人的愛就好。不過……」

一個月前……舉行了一年一度的大活動，召集神殿的人傾聽神諭。

說到神諭就該阿修莉出馬，這次卻因為眾人的要求，選上了大主教。

在神殿的人的守望下，聽見神諭的多魯加放聲宣布。

『各位，此乃米拉大人的神諭！聖女……不，阿修莉是扭曲米拉大人意旨的叛教徒，是應當制裁的存在！』

阿修莉雖然反駁了，這時已經幾乎沒有人站在她那邊。

就算這樣，她還是在所剩無幾的同伴幫助下逃出神殿，逃出佛尼亞。

「為了讓我逃走，許多願意跟隨我的信徒犧牲了。之後我便和剩下的信徒一起逃到附近的港都。」

她大可直接逃到其他大陸，身為米拉教聖女的阿修莉，卻不知道除此之外的生存方式。

她相信自己總有一天能洗刷冤屈，回到佛尼亞，躲在離佛尼亞最近的港都，狀況卻沒有好轉，反而每況愈下。

「米拉教多了以前沒有的教義，例如捐給米拉大人越多錢，就越容易得到明確、正面的神諭，或是能得到幸福。米拉大人是平等愛著眾人的女神，絕不可能有這樣的教義。」

「什麼鬼？都知道是平等的愛了，為什麼還會相信這種鬼話？」

「聽說捐越多錢，生活就過得越好的信徒明顯比較多。」

傳聞擴散開來後，想要如法炮製的信徒也跟著捐錢，奇怪的教義隨之得到認同……差不多是這樣吧？

有錢捐的人自然沒問題，然而，當然也有因為生活因素拿不出錢的人。

不只米拉教，其他人也跟著冷落那些人，將他們逼到精神瀕臨崩潰。

因此，佛尼亞現在瀰漫一股緊繃的氣息，也有不少人選擇離開那座城市。

「人類容易被周遭環境或優秀的人影響。不過也有不會隨波逐流的人吧？」

「純粹信仰米拉教，對此表示反對的人當然也是有的。但那些信徒會忽然消失，或是不自然死亡，大家就自然而然不再提出異議……」

「比妳有地位的人又在幹麼？」

「那個……最有地位的教皇大人為了宣揚米拉教，一年前去大陸各地巡禮了。」

地位最高的人竟然親自出外巡禮，好自由的教皇。

我心想「教皇這樣沒問題嗎」，阿修莉卻露出無奈的笑容，看來此乃家常便飯。

「至於地位次高的樞機主教大人，數個月前開始因為不明疾病，一直臥病在床。如果樞機主教大人身體無恙，就不會發生這種事了……」

也就是說，目前地位最高的，就是大主教多魯加及聖女阿修莉。

這樣一來，最可疑的就是情況變得對他有利的大主教多魯加。

目前只有阿修莉提供的情報，沒親自去過現場就下判斷並不好。可是，從她被米拉教的人追捕這一點來看，可能性應該滿高的。

「我無法忍受米拉教……米拉大人再繼續被玷汙。當我做好覺悟，決定召集理解真正的米拉教的人戰鬥時，被大主教大人的使徒找到了。」

倘若多魯加是元凶，能與他為敵的頂多只有教皇，以及用神諭陷害後仍然有人幫助她、具有領袖魅力的聖女吧。為了收拾聖女阿修莉，敵人肯定會費盡心思尋找她。與戰爭無緣的信徒不可能敵得過有武器的使徒，阿修莉他們自然只能逃跑。

「我是除了傾聽神諭外一無是處的小孩。就算這樣還願意跟隨我的信徒們，拚了命讓我們逃走。但追兵一直不放棄，我們在離這裡不遠的地方被發現……」

「有人……犧牲了嗎？」

「……是的。是一直陪著我的姊姊。」

那位女性名叫阿曼達，儘管沒有血緣關係，還是把阿修莉當成自己的妹妹疼愛。今天早上，與跟倒臥在地的這群人不同批的追兵快要發現阿修莉他們，阿曼達便拿自己當誘餌，保護阿修莉。

阿修莉卻在途中被堵在前方的使徒發現，在死命逃跑時遇見我們……就是這樣。她看著天空，開始祈禱，大概是放鬆下來，想到要幫大家祈禱了。

「米拉大人，請守護阿曼達姊姊……」

「妳很重視她呢。」

「阿曼達姊姊有時雖然有點囉嗦，卻是我深愛的家人。聽說他們會把被抓走的信徒帶到佛尼亞，希望大家平安無事。」

「敵人——那個大主教也知道妳跟姊姊感情很好嗎？」

「是的。米拉神殿的人全部都知道。」

「那我想她活著的可能性很高，雖然這種話聽起來可能有點像在安慰妳。」

「請問這是為什麼？」

「……是想引阿修莉出來吧？」

「嗯。就目前的情報判斷，對方感覺是會動腦筋的對手。很可能拿她當誘餌。」

沒有引起多大的騷動就改變了米拉教，那個男人似乎相當擅長掌控人心。

大主教的同夥一個個增加，阿修莉的夥伴則只會減少。在這種狀況下，講多少真相都沒意義。

「挺難辦的。」

「天狼星前輩，之後要怎麼做？」

莉絲好像開始對跟自己一樣是聖女、有姊姊的阿修莉產生感情了。

兩姊弟也對我投以哀求的目光，大概是同樣無法放著阿修莉不管。

「阿修莉……妳想怎麼做？」

「我嗎……？」

「妳被我們救了之後有什麼打算？我們的目的地是佛尼亞，妳希望的話，可以載妳到附近的城鎮。」

講白了，帶阿修莉一起行動風險不低。

但總不能把她丟在這裡，送她到附近的城鎮再離開比較恰當，不過我想知道阿修莉真正的想法。

「可是，我能依靠的人已經……」

「那只能逃了。逃去其他大陸，那些人說不定也會放棄抓妳。」

「我……辦不到。」

「妳在猶豫什麼？這條命可是姊姊和願意追隨妳的人救回來的，要更珍惜生命一點吧？」

「天狼星前輩！」

「大哥！」

這種像在逼問的語氣，讓莉絲和雷烏斯忍不住插嘴，明白我想做什麼的菲亞幫忙制止了他們。

我銳利的視線加上殘酷的現實，令阿修莉畏畏縮縮的，可是她最後握住在胸前閃閃發光的項鍊，筆直回望我。

「就算這樣……我還是不要。我不能逃避！」

「因為妳是聖女嗎？」

「不，是因為我最喜歡米拉教……最喜歡米拉大人，不能放著這件事不處理。」

「那妳現在能做的事是什麼？不覺得在一無所有的狀況下，就該把用得上的東西統統拿出來嗎？」

這時，姊弟倆跟莉絲似乎也察覺我的意圖了。

阿修莉卻納悶地歪著頭，菲亞伸出援手，輕聲說道：

「妳應該知道冒險者靠什麼賺錢吧？」

「詳細情況我並不瞭解，記得是在鎮上的公會接委託，賺取報酬對不對？」

「基本上是這樣，有時也會不透過公會，接私人的委託。」

「啊……」

看來她終於想到了，但不知道是不是因為罪惡感的關係，沒有立即採取行動。

「那個……我現在沒有任何東西可以回報，為什麼各位願意為我做到這個地步？」

「這句話我們也有資格說唷。」

「米拉教會幫助有困難的人，總不會不能反過來接受幫助吧？」

「哎，就是所謂的愛管閒事囉。剛才我也說過，對這件事置之不理，會讓人放不下心。」

所以不用客氣，儘管對我們開口——或許是大家的笑容讓她下定決心了，阿修莉對我們深深一鞠躬。

「……拜託了。請各位幫幫我！」

接著，阿修莉講完那句話後，就像昏倒似的突然睡著，推測是因為知道有人願意幫助自己，精神放鬆下來了。

確認在馬車裡蓋著毛毯的阿修莉睡得很安穩後，我發現大家的視線都集中在我身上。

「所以？你為什麼決定幫助那孩子？」

「我是不介意，可是，總覺得不太像天狼星前輩的作風。」

「以大哥的個性來說，有點太強硬了吼？」

「有什麼其他的原因嗎？」

「沒錯。其實離開加拉夫前，我接了一件委託。」

鬥武祭結束後，我們聽從加拉夫冒險者公會的會長巴多姆的建議，升上中級冒險者。離開前一天，我又被他叫過去，接下某件委託。

『聽說你們接下來要去佛尼亞？可不可以順便幫我調查那座城市？』

『調查……請問要調查什麼？而且我們暫時不會回這裡。』

『不需要回來。沒異狀的話，只要把這封信交給那邊的公會就行。簡單地說，想借你的眼睛調查佛尼亞有無異常。』

巴多姆聽說最近佛尼亞散發出一股可疑氣息。

再加上來自佛尼亞的定期聯絡有點不對勁，讓他有股不祥的預感。

其實我大可拒絕，不過升上中級時，巴多姆好像幫了我們不少忙，我便接下這起委託。

「……就是這樣，是私人委託，報酬先預付了。不出所料，那個人的預感完全命中。」

「「「…………」」」

都跟他們解釋清楚了，大家卻還一臉無法接受的樣子。

基於別人的委託，就插手干涉把整個城市捲進去的事件，果然太牽強了嗎？

「委託呀。其實那是表面上的理由，還有其他原因對不對？」

「……是啊。阿修莉年紀還小，是個沒有防備又柔弱的孩子。但我覺得她想守護米拉教的率直目光，還有堅定的意志，讓人挺有好感的。」

「原來如此，難怪大哥會喜歡她。」

「既然這樣，何必用那種像在逼問她的語氣跟人家說話……」

「妳說得或許沒錯。可我認為對現在的阿修莉來說，那是必要的。」

跟她說明我這邊的緣由，或許會比較有效率沒錯，然而，這樣並不是為她好。

「就算是因為我們救了她好了，她未免太快相信我們。我想讓她多經歷一些事，至少學會自己下決定、自己思考。」

看她的眼神對我們毫不懷疑，阿修莉想必是個純真的孩子。

我不會說這樣不好，但她對於世間的知識與經驗壓倒性地不足。太過樂觀，導致演變成現在這種狀況，就是鐵錚錚的證據。

正因如此，我才故意讓阿修莉主動開口求援。儘管算不上什麼，這也會成為她的經驗吧。

「抱歉，沒跟你們商量就擅自決定。」

「既然是天狼星少爺的決定，我沒道理反對。而且，我也想幫助她。」

「我也是。那些傢伙竟然這麼過分，不可原諒。」

「雖然不知道能做到什麼地步，我會努力的。」

「我是覺得有點太天真了，但總不能對那麼純真的孩子見死不救。」

大家的意思都確認過了，我想盡快制定奪回米拉教的作戰計畫。

「首先要收集情報。我去找那些人談談，阿修莉拜託妳們了。」

「是，請放心。」

「這也是沒辦法的事……幸好阿修莉睡著了。」

「這邊交給我，你放心去吧。」

審問不是什麼看了會讓人心情好的東西，因此這次我打算只帶雷烏斯跟北斗過去。

他們已經開始把那些人扛起來，我也跟在後面。

我們分工合作，將五名男子背到隔一座山丘的地方。離這麼遠，即使他們大叫也傳不到馬車那邊吧。

抵達目的地時，男人也醒過來了。由於他們的嘴巴被我用布塞住，想講話也只發得出悶哼聲。我們將男人放到地上，叫雷烏斯把布拿掉。

「那麼，感覺如──」

「你這傢伙！竟敢對米拉大人的使徒做這種──」

「吵死了！」

「嗚!?」

嘴巴一重獲自由，男人就開口大叫，雷烏斯毫不留情揮下大劍。

他當然沒有砍傷對方，劍刃在稍微碰到脖子的地方停住，技術只能以精湛形容。瞬間就能讓對方閉嘴，非常漂亮的做法，可我不記得自己這樣教過他，所以有點不安。

該不會……是受到那個變態劍痴爺爺的影響？等等得確認一下。

「聽好，給我乖乖回答大哥的問題。要是你們敢說謊，下次搞不好就砍中囉？」

「知、知道了。」

其他四人也點頭同意，大概是因為雷烏斯讓他們想起對死亡的恐懼，理解了自己的處境。

他們的腳沒被綁住，只要有那個意思，也不是不能逃跑，然而……

「吼嚕嚕嚕……」

「想逃的話，這傢伙會馬上把你們抓回來。」

我叫北斗在後面待命，根本不可能逃掉。

前有雷烏斯，後有北斗，男子們見狀，意識到抵抗也沒用，所以審問得挺順利的，得到幾個情報。

自稱米拉使徒的這些人，是大主教的直屬近衛，其實對米拉沒有多虔誠，是在大主教手下等著撿好處的信徒。

至於他們為何要自稱使徒，是大主教命令的。自稱使徒做事就有正當理由，也能降低身為加害者的罪惡感。

「嗯……看來事情不好處理啊。下一個問題……」

在我利用雷烏斯跟北斗的殺氣令他們意志更加動搖，準備詢問大主教的詳細戰力時，使徒們好像想到了什麼，疑似頭目的男人突然笑出來。

「哈哈哈！難道你們幾個想與大主教大人為敵？」

「有什麼好笑的？憑大哥跟我的力量，你們這種貨色有一百個都不夠。」

「不，到此為止了。你們註定會被聖騎士大人燒死。」

「燒死？區區火魔法，哪可能阻止得了我們。」

「哼，既然你們不知道，我就告訴你們。米拉教的聖騎士大人，可是會用精靈魔法的人！」

「精靈魔法⁉」

我什麼都沒問，這些人就洩漏情報了，看來他們非常期待我們被解決掉。

那個聖騎士是大主教養大的，大肆宣揚自己會用火屬精靈魔法。

不只能保護多魯加大主教，還能用那壓倒性的力量燒盡敵人，是米拉教最強的戰力。

「那個獸人確實很強，可惜遠遠不及聖騎士大人。」

「跟那個只會講愛這種鬼東西的愚蠢聖女，一起被火燒死吧！」

「只要放我們走，可以饒你們一條小命喔？」

「我知道那個聖騎士很強了，可是你們在這邊虛張聲勢有任何意義嗎？」

「「什麼？」」

身邊有兩個人會用精靈魔法的我，很清楚精靈魔法有多可怕。

因此我能理解他們為何要虛張聲勢，不過……

「那位厲害的聖騎士大人現在在這裡嗎？你覺得等等他會颯爽登場，拯救受困的你們？」

「那、那個，聖騎士大人他……」

「就是因為你們愛躲在強者底下逞威風，才只能擺出這種小角色的態度。搞清楚狀況再行動吧。」

「…………」

「總之，你們好像反省得還不夠。稍微懲罰一下好了。」

我對北斗使了個眼色，北斗點點頭揮下前腳，砍斷綁住他們的繩子。

「哈、哈哈！搞不懂你在想什麼，怎麼有人蠢到特地幫俘虜解開——」

「我當然會重新把你們困住。」

我啟動在審問期間畫好的魔法陣，男人腳邊的土便開始隆起，裹住他們，最後只留下頭部，徹底封住他們的動作。

莉絲會用的魔法中，有個用巨大水球包覆對手，封住其行動的魔法，這是它的土屬性版本。

「這、這魔法是什麼!?」

「隊長！動不了了……」

「該死！我也是！」

「在這反省一晚吧。我調整成明天中午會放你們自由。」

我轉過身去，一步步走遠，雷烏斯納悶地跟在後頭。

「欸，大哥，放著那些傢伙不管沒問題嗎？」

「這一帶魔物似乎挺多的，現在是因為北斗在，牠們才不敢靠近。那些人能不能活下來，就要看他們的運氣囉。」

「誰叫他們要做壞事，自作自受。」

「嗷！」

若他們真的信仰米拉大人，說不定能因為祂的慈悲而得救。

我們聽著背後傳來男人們的嚷嚷聲，回到馬車。

——北斗——

天狼星他們回馬車就寢後，北斗跑去找被土堆困住的那群男子。

「怎麼!?想把我們吃掉嗎!?」

然而除了北斗外沒有任何人，大吃一驚的男人們判斷這是個好機會，溫柔地跟北斗說話。

「嘿、嘿……可愛的小狼，可不可以救救我們？」

「白痴！魔物怎麼可能會做那種事。」

「不不不，這傢伙不是單純的魔物吧。牠完全聽得懂那男人說的話，照他說的行動，說不定講清楚牠就會明白。」

「總比坐以待斃來得好。該死，跟魔物求救未免太難堪了。」

「欸，小狼啊，我們再也不會做壞事，可不可以幫忙破壞這些土？」

「你看，我們有在反省了。所以——嗯？這是啥？」

男人用與外表毫不相襯的溫柔聲音求救，發現北斗叼著什麼東西。

「……魔物？是你的飯嗎？」

「這傢伙是不是吃不飽啊？那麼大一隻，食量應該滿大的。」

「原來如此。欸，如果你願意放掉我們，之後請你吃一頓好料的喔？」

「肚子餓很不舒服對吧？比起那種主人，我們更有錢……好不好？」

男子們拚命說服北斗，完全沒發現主人天狼星被人詆毀，害北斗心情越來越差。

北斗像要回答他們般，用爪子解體扔到地上的獵物。

男人們目瞪口呆，北斗則繼續粗魯地分屍魔物。牠在把周圍弄得滿地是血時停下爪子，默默轉身離去。

「……牠到底在幹麼？」

「誰知道。可惡，髒血噴到我了！」

「血？難道……」

沒錯，瀰漫四周的血腥味，會引來捕食者……魔物。

男子終於發現北斗的意圖，試圖逃離，土製的枷鎖卻文風不動。

「……嗷。」

北斗從主人那邊接到的命令，是確實解決掉那些男人，以免那群人將他們的情報洩漏給米拉教。

過了一會兒，背後傳來男人及魔物的叫聲，這樣命令就達成了吧。

北斗是主人的夥伴，是家族，也是忠實的僕從。

忠心到無論是怎樣的工作，只要主人一聲令下，牠毫不在意弄髒自己的手。

確認男人的氣息徹底消失後，北斗滿意地點點頭，頭也不回，走向馬車所在的位置。

《沉溺於力量之人》

隔天早上……我們收拾完東西，朝佛尼亞出發，在路上跟阿修莉探聽米拉教的情報。

我告訴阿修莉，昨天抓到的人反省過後就放走了，阿修莉鬆了口氣，說「希望他們平安無事」。這麼關心追捕自己、用箭攻擊自己的人，真是與聖女之名相襯的寬廣胸襟。

接著我詢問昨天聽說的聖騎士的情報，坐在馬車裡的阿修莉突然顯得驚慌失措。

「聖騎士大人嗎？那個，還是不要幫我比較好……」

她因為太累，昨晚完全忘記有聖騎士的存在。

一提到聖騎士，阿修莉就說我們會有危險，想取消委託。我對她露出笑容，好讓她放心。

「我們是知道危險性，還選擇幫助妳的。」

「聖騎士大人的火焰連岩石都能融化喔。我們逃走的時候，我看見信徒們被聖騎士大人的火焰燒到。絕對不能讓各位也落得同樣的下場……」

「敵人不是聖騎士，是大主教吧？我想多知道一些聖騎士的情報，搞不好可以避免與他交戰。」

「我明白了。可是，我幾乎沒跟他說過話……」

「為什麼？你們不都是米拉教的人嗎？」

「聖騎士大人是非常可怕的人，我不太想接近他。雖說是因為有大主教大人的命令，他滿不在乎地燒死叛教徒和魔物的模樣，也讓人覺得很恐怖。」

聖騎士似乎是相當粗枝大葉又自我中心的人，使用火焰時不會顧慮周遭，還曾經燒掉無關的住宅。

這種人之所以能在大主教手下擔任聖騎士，除了有大主教庇護他外，也是因為他擁有相應的實力。越聽越覺得棘手。

「這是沉溺於力量之人的末路。」

「竟然把精靈用在這種地方上……不可饒恕！」

「對呀，精靈是朋友，才不是武器。看來得教訓一次這孩子。」

會用精靈魔法的兩人，因為聖騎士太過為所欲為的舉動而燃起怒火。

「先不說要不要教訓那傢伙了，他會聽從大主教的命令對不對？只要制住大主教，搞不好能一口氣解決。」

「我不知道聖騎士有多強，不過以大哥的實力，不會有問題吧？」

「正面交鋒對我不利。我會思考對策，絕對不可以一個人跟他戰鬥喔。」

「好的。雷烏斯要特別注意。」

「我知道啦！大哥說的話一定要遵守。」

照這個速度，差不多後天會抵達佛尼亞。

明明即將被捲入事件中，我們卻跟要去野餐一樣，討論著抵達佛尼亞後的作戰計畫，阿修莉一臉不可思議地注視我們。

「各位不會怕嗎？對手可是有會用精靈魔法的人喔。」

「無論對手是誰，跟天狼星少爺在一起就不必害怕。」

「對啊，世界上沒有比大哥更可怕的人。」

「……那兩個人是特例，別把我們當成他們的同類唷。」

姊弟倆乾脆地回答，令阿修莉愣在那邊，莉絲苦笑著補充道。

「我們很清楚精靈魔法有多可怕，所以說不怕是騙人的。可是，只顧著害怕就什麼都做不到了吧？」

「有那麼多人因為我遇到危機，我怎麼有時間慢慢休息……」

「關鍵時刻沒力氣行動就糟糕囉？為了以防萬一，現在先專心休息……好嗎？」

或許是罪惡感與焦躁感，讓她下意識拒絕讓自己休息。

莉絲溫柔勸導阿修莉，接著突然淘氣地笑著望向我。

「……這些全是我跟天狼星前輩學來的啦。不想休息的話，要不要做點能放鬆心情的事？」

「那可以教我魔法嗎？我的屬性是水屬性，我想變得跟莉絲小姐一樣，學會用治療魔法。」

「叫我莉絲就好。不過我的魔法比較特殊，要用得跟我一樣可能有點難。」

我們心平氣和地看著髮色相同、從旁看來有點像姊妹的這兩人。

「莉絲好擅長跟小孩子相處。」

「她在故鄉好像常常幫忙照顧村裡的小孩。而且她喜歡小孩子，自然而然就會跟孩子熟起來。」

「平常她明明像大家的妹妹。」

不只莉菲爾公主，莉絲身邊還有艾米莉亞跟菲亞這種像姊姊的類型，因此感覺比較接近妹妹。

然而，現在她完全是個大姊姊，安撫著阿修莉，我看把她交給莉絲照顧是最適合的。

我邊思考邊面向前方，菲亞輕輕靠到坐在駕駛座的我身上。

「要論感情好的話，我們也不能輸呢。」

「幹麼跟人家比——呃，艾米莉亞怎麼也來了。」

「因為我是您的隨從。」

「姊姊，那我要坐哪裡？」

「你不用坐了，跟平常一樣用跑的吧。」

「喔！」

搞不好會與整個城市為敵，我們卻一如往常。

米拉教的聖地佛尼亞被堅固的城牆圍住，是開發程度較高的城市。

儘管跟艾琉席恩比起來小了一個等級，在阿德羅德大陸已經稱得上大城市。

由於這裡是米拉教的信徒聚集於此開發後誕生的城市，沒有城堡或人稱國王的存在，取而代之的是有座巨大神殿，那裡同時也是米拉教的中心。

神殿蓋在從哪個方向都看得見的高處，釋放出宛如城堡的存在感，住宅則以神殿為中心往外圍蓋，這就是佛尼亞這座城市。

我們躲在不遠處的森林中，停下馬車。

只有我們也就算了，還沒搞清楚現狀就帶阿修莉過去，太過危險。

於是我決定把馬車藏在森林，做為據點，先由我們幾個走去佛尼亞收集情報。

「北斗，她們倆就拜託你囉。遇到緊急情況可以考慮丟下馬車逃走。」

「嗷！」

「這邊交給我吧。」

不曉得佛尼亞的情勢，應該避免帶引人注目的北斗一起去。

守衛只有北斗一個其實也夠，但為了以防萬一，我請旅行經驗豐富的菲亞也留下來。

「有事就聯絡我。會用那個吧？」

「嗯，將魔力注入這條頸鍊，一邊說話對吧？」

待在加拉夫時，我做了耳環送菲亞，那個刻上喬裝魔法陣就到極限了，所以我又做了另一個刻著「傳訊」魔法陣的頸鍊給她。

這樣大家就能互相聯繫，可惜缺點還很多，總有一天得改良一下。

「這東西會消耗很多魔力，撐不了太久，注意別太常用。那麼，出發吧。」

「路上小心。」

「各位請小心。願米拉大人保佑你們……」

「嗷！」

在看家組的目送下，我們踏入佛尼亞。

雖然每個地方有不同的規定，通常進入城市都需要證明身分，無法提出身分證明，就得付一些通行費。

照理說，身為冒險者的我們只要拿公會卡出來就夠，佛尼亞卻還有其他要求。

「要進入佛尼亞，必須把這個戴在身上。一個十枚石幣。」

我們在城門口接受審查時被迫買下的，是米拉教信徒戴的項鍊。

十枚石幣算不了多少錢，當成入場費即可，不過……

「我知道講這種話不太好，可是這項鍊品質好差唷。」

「嗯。那孩子和其他信徒戴的項鍊更漂亮。」

阿修莉戴的是用藍色礦石磨成的美麗項鍊，我們被迫買下的卻是木頭製，整體形狀還有點歪掉，怎麼看都是劣質品。

「就是所謂的量產品吧。做工粗糙到這個地步，反而讓人覺得好笑。」

「我有點不爽耶。我們又不是信徒，叫我們買這種東西幹麼？」

「宣傳兼賺點小錢吧。戴好，以免惹上麻煩。」

用錢買來的會捨不得丟，戴的人一增加，就會顯得信徒很多的樣子。奸詐的手段，但不至於給人增添太多負擔，因此我認為這方法不錯。可惜從長期觀點看來，遲早會露出破綻，不過這跟我們無關就是。

至少別那麼在意利潤，把東西做精緻一點，看起來還會有點紀念品的感覺，比較不會招人反感——我邊想邊戴上項鍊。

「天狼星少爺，關於今後的計畫……」

「嗯，跟剛才說的一樣，先收集情報。」

進到城內時快中午了，我們隨便找家食堂吃午餐。

然後一邊喝飯後茶，一邊留意周遭，低聲討論。

「發現什麼立刻跟我報告。剩下就照事前說的做。」

「……瞭解。」

由於我要跟他們分頭行動，艾米莉亞一臉惋惜。

弟子們負責調查米拉教表面的形象，我則打算去冒險者公會一趟，與情報販子接觸，調查佛尼亞的黑暗面。

之前我帶雷烏斯一起去過，這次要帶艾米莉亞去也是可以，然而這座城市的情勢稱不上好，最好盡量集中戰力。

問題拖得越久，阿修莉會越來越擔心，所以這次我打算以效率為重。

「我這邊說不定會花點時間，旅館也麻煩你們找了。」

「是。不只旅館，我會將米拉教的情報統統調查出來。」

「真是，我們只要調查市民的狀態啦。精神不要繃那麼緊，放輕鬆。」

「姊姊她們就交給我吧，大哥！」

艾米莉亞有點給自己太多壓力，幸好這兩個人應該能讓她放鬆下來。

我叫他們不要太高調，遇到危險就用身上的魔導具聯絡我，不惜逃到城外也要設法逃離。即使他們逃到集合地點外的地方，憑我的「探查」一下就能偵測到他們的位置。

定好傍晚在旅館會合後，我離開揮手目送我的弟子們。

我來到佛尼亞的冒險者公會，想先處理巴多姆的委託，櫃檯人員卻說公會長半個月前就失蹤了。

對方問我要不要叫代替公會長的人來，考慮到公會可能跟米拉教的大主教勾結，我便委婉拒絕，走出公會。

「……一開始就撲空，還多了要調查的東西。」

沒能從公會長那裡問出佛尼亞的情報，看來得先跟情報販子接觸，順便探聽公會長的下落。

然而，與情報販子接觸的方法每座城市各不相同，先從確定會有人聚集的酒館找起吧。

我走在路上尋找感覺不錯的酒館，順便調查佛尼亞的治安狀況。城裡一片祥和，完全看不出發生過阿修莉所說的那些事件。

街上有各式各樣的商店，冒險者也不少，除了身穿漂亮修道服的米拉教信徒很多外，跟其他城市沒有太大的區別。

乍看之下治安還不錯，可惜換個角度就看得出，事實並非如此。

「……看來巴多姆的預感命中了。」

只要多注意建築物的陰影處……城市的另一面，就能感覺到貧民窟特有的危險氣息。

每座城市都會有貧民窟，再說我今天第一次來到這裡，搞不好佛尼亞平常就是這種氣氛，但我總覺得這裡存在信奉愛的女神的城市不該有的黑暗面。

「有點接近處在恐怖統治下的國家。」

穿得光鮮亮麗的信徒，恐怕是有捐錢給米拉教的那些人。

至於有點落魄的信徒，他們會走在角落，避免引人注目。待在隱密處、身穿骯髒衣服的人明顯戒心很高，還有許多膽顫心驚的人。

我在小巷間穿梭，踏入疑似貧民窟中心的地方，映入眼簾的是好幾棟垮掉的建築物，上頭殘留著無數驚悚的燒焦痕跡。

「……好慘。」

以火災來說燒成這樣太過異常，明顯是人為的。我拿錢給坐在附近的貧民窟男子，跟他打探情報。

結果如我所料，犯人是會用火屬精靈魔法的米拉教聖騎士，前幾天他笑著跑到貧民窟，把這一帶燒光後揚長而去。

「他說『你們這些配不上米拉教的傢伙全是垃圾』。偉大的聖騎士大人根本沒把我們當人看。」

光鮮亮麗的市容下，有人滿不在乎地在幹這種事，看來米拉教變得比阿修莉說的還要慘。

八成是因為除去敵人了，他們就開始為所欲為。近期不只這裡，整個城市都可能發生這種事。

之後我走進附近的酒館，在數名顧客的注視下坐到吧檯，跟店長點了酒精度數低的酒，問他：

「我在找熟悉這座城市的情報販子，有沒有認識的？」

「這個嘛……最近這幾天，聖騎士說要打掃，到處燒人燒房子，情報販子也逃得差不多囉。」

「那麼這樣呢？」

我用杯子當遮蔽物，將銀幣放到吧檯上。

店長微微移開目光，收下銀幣，懷疑地看著我。

「你打算跟情報販子打聽什麼消息？」

「我想瞭解一下米拉教。可以的話，最好是知道他們私下在做什麼的人。」

「……不好意思，我不清楚。可是既然收了你的錢，給你個忠告。不想死就別再調查米拉教。」

「是嗎，打擾了。」

我喝光店長端出來的酒，快步離開，走在貧民窟上。

本想再找個幾家，說不定第一家就中了。

我感覺到背後有五個人跟著我，假裝迷路，故意走向死胡同。這條路我從來沒走過，只要使用「探查」即可掌握地形。

走到死路的時候，我轉過身，跟蹤我的那些人擋在我面前。

「嘿嘿……想過去嗎？那就把你身上的錢交出來。」

我看過這幾個男人，是剛才待在酒館的那四人。

看這身骯髒的服裝，怎麼想都是住在貧民窟的人，但有點奇怪。他們挺有肉的，重點是眼神不像其他人一樣無神。

我繼續觀察他們，一名男子走過來拿刀對著我。

「喂，聽見沒？」

「聽見了。然後呢？找我有什麼事？」

「嘖……跩什麼跩。」

「他只是在虛張聲勢啦。剛剛你拿銀幣給店長，表示你挺有錢的吧？拿一些出來啊。」

我給錢的時候明明有藏好，那家酒館的店長跟這些人搞不好是同夥。

看我遭到威脅還毫無反應，男人們開始不耐煩，我故作無知地回道：

「其實那些銀幣就是我身上最後的錢。哎呀，真可惜。」

「騙誰啊！乖乖掏錢，可以不把你賣給米拉教喔？」

「賣？米拉教會買奴隸嗎？」

「把可能反抗米拉教的人上報給神殿或抓過去，就能拿到錢。例如你這種傢伙。」

「原來如此，靠獎金除掉革命的種子嗎？」

「拿不出來就乖乖當我們的酒錢！」

這群人發出慾望表露無遺的聲音，同時朝我衝過來，然而他們並不怎麼強，戰鬥轉眼間就結束了。

男人在空中劃出一道拋物線，摔到地上，確認他們昏倒後，我立刻離開原地。

「喔喔……厲害。超出預料。」

「這樣啊。那麼，是什麼東西超出預料？」

「什麼!?」

跟蹤我的人共有五個，其中一人在遠處觀察情況。

把最後一個男人扔出去是為了引開他的注意力，我趁這機會接近到他面前，拿小刀指向他的喉嚨。

「等、等等！我沒要和你打！」

「明明你眼睜睜看著我遭到攻擊？」

「那、那只是為了見識你的實力。哪有情報販子會笨到跑出來和被那種貨色幹掉的人碰面！」

「意思是你就是情報販子嗎？告訴我這件事，代表我及格了？」

「對、對啦。所以把刀子放下！」

我從他身上感覺不到敵意，便收起小刀，不過還不能大意，因為無法判斷他是不是真的情報販子。

我問了幾個問題，確定男子是情報販子，詢問他如此大費周章的理由，得知到處都有跟我打倒的男人一樣的告密者，所以情報販子也不能輕舉妄動。

「光收集情報都有可能被米拉教視為叛教徒，所以我平常都混在這種人之中。」

酒館的店長表面上是那群男子的同夥，其實是這個情報販子的夥伴。即所謂的雙重間諜。

由店長篩選想找情報販子的人，唆使旁邊的告密者行動，測試值不值得與對方接觸。

麻煩歸麻煩，同時也暗示了不拐這麼多彎就會有危險。

「這邊容易被人看見，回那家酒館談吧。有個安全的地方。」

恢復冷靜的情報販子朝酒館走去，我跟在他後面，並未放鬆戒心。

我們回到剛才那家酒館，在店長的帶領下來到裡面的小房間。

雖然這樣等於是進到對方的主場，我看裡面並沒有陷阱，用「探查」也偵測不到情報販子以外的人，應該不會有事。

「放心吧，店長在外面把風，在這裡講話也沒人聽得見。」

情報販子坐到椅子上，指著對面的椅子，嚴肅地看著我。

「隨便坐。那麼，你想問什麼？為了找我，那麼乾脆地拿出銀幣，想必是挺危險的問題吧？」

「嗯，想跟你打聽統治這座城市的米拉教的情報。」

我先付了一枚銀幣，情報販子笑著收下。

「行，想打聽什麼？」

「麻煩你跟我詳細說明米拉教除了傳教外，暗地裡做的事。」

之後，我成功得知米拉教的各種違法行為，以及與其勾結的人，還有跟阿修莉一樣反抗米拉教的信徒下落。

問什麼問題都能立刻回答的情報量，實在不簡單。看來這人的本領是貨真價實的，難怪能在這種狀況下生存下來。

他的表情沒有變化也沒有動搖，似乎沒有說謊，於是我再度拿出銀幣，繼續提問。

「聽說冒險者公會的公會長下落不明，你知道關於他的情報嗎？」

「據我所知，公會長好像不在這座城市。城門的警衛看見他出城了。」

「出城嗎……失蹤前他去了哪裡？」

「噢，內行喔。你猜得沒錯，公會長去了米拉教的神殿。」

米拉教看起來還很正常的時候，公會長受邀參加大主教舉辦的餐會，去了米拉教的神殿。

之後他就失蹤了，然而馬上就有人前來代替他，因此沒有釀成騷動。

「那傢伙好像是新派來的公會長，老實說挺可疑的。我在猜會不會是米拉教的奸細。」

「……你知道得挺清楚的嘛。」

「別看我這樣，我跟公會長熟得咧。」

這兩個人會私下交流情報，類似於工作夥伴。難怪他連公會的內情都如此瞭解。

假如這男人提供的情報正確無誤，公會長很可能被監禁在神殿。他離開佛尼亞的消息，也只要賄賂警衛就能解決。

也就是說，我們不只要支援阿修莉，還得救出公會長嗎？

話說回來……明明委託只是要我觀察佛尼亞的狀況，順便送個信，竟變得如此棘手。

「還有其他要問的嗎？會問很久的話，可以拜託店長弄吃的來。」

「不，最後一個問題。我想知道米拉教的聖騎士的情報。」

「……那傢伙嗎？問這個幹麼？」

「視情況而定，可能會跟他起衝突。」

「這是為你好，千萬別跟他接觸。那傢伙的危險之處除了精靈魔法外，個性也很危險。」

聖騎士是年齡比我大一些的男性，享樂主義者，奸詐狡猾。性格殘忍，會毫不留情燒死與自己敵對的人。

一旦開始失控，就會使用精靈魔法強大的力量到處亂燒，導致被波及的人損失慘重。

「這樣子的人，虧他有辦法不被趕出米拉教。」

「你的疑惑再正常不過。其實那傢伙受封聖騎士加入米拉教，是最近的事。」

「怎麼回事？」

「他好像是大主教偷偷扶養的小孩，半年前左右不知道從哪帶來的。所以他只會聽大主教的命令。不過大主教掌權後就比較少叮嚀他，那傢伙的行為也越來越偏激。」

貧民窟燒焦的痕跡，就是那偏激的行為之一嗎……

當然有人跟米拉教反映他做得太過火，卻只得到「他是佛尼亞的守護者，在制裁米拉教的敵人」這個答案。

事實上，他會靠打倒外面的魔物舒壓，減少魔物數量，說他是佛尼亞的守護者也不完全錯。

講到這裡，男人嘆了口氣望向窗戶。

「聽說最近他有時會不聽大主教的命令。萬一是真的就糟糕囉。」

「沒人阻止得了他，每天都要活在聖騎士心情一好就會放火的恐懼下……」

「沒錯。老實說，這樣下去這座城市撐不了多久。你也是冒險者的話，在跟聖騎士扯上關係前趕快離開吧。」

這名男子八成也打算在近期行動。雖然他穿的衣服破破爛爛，他似乎在準備以冒險者的身分離開佛尼亞。

「不用救公會長嗎？」

「他是我的酒友，我很想幫助他，可是現在這個狀況，只憑我的力量做不了什麼。」

我跟他只是工作上的關係，沒資格多說什麼。

儘管其中有幾個可疑的情報，這次得到足夠的資訊了，就先這樣吧。

為了中斷話題，我拿出一枚金幣放到桌上，當成報酬。

「是一段有意義的時間。報酬這樣夠嗎？」

「哦……沒想到是金幣。你是貴族──看起來不像，有點同行的味道。」

「給有本領的人相應的報酬，是理所當然的吧？還有，無緣無故打探我的身分違反規則喔。」

「說得也是。但金幣可能有點太多了。我再提供一些情──噢，有件事忘了說。」

男子搔搔頭，用手指把玩金幣，望向神殿的方向。

「幾天前，聖騎士那傢伙多了個夥伴──」

『天狼星少爺……您聽得見嗎？天狼星少爺！』

講到一半，艾米莉亞的聲音突然透過「傳訊」傳來。

我反射性發動「探查」，在不遠處偵測到明顯發生了什麼事的魔力反應。

『非常抱歉，我們被那個聖騎士盯上了。』

我簡單地跟情報販子道別，飛奔出酒館，尋找高處。

——妃雅莉絲——

與天狼星前輩分頭行動的我們在佛尼亞散步，收集米拉教的情報。

說是情報，也只是問問市民米拉教平常在做什麼，以及市民對它的看法。

首先，我們在路上的店邊買東西，邊打聽米拉教的資訊。

天狼星前輩說先買東西後再問話，店長的口風比較不會那麼緊，因此我們毫不顧慮地大肆採購，一邊收集情報。

「生意沒什麼問題，不過米拉教最近不太對勁。他們從來沒要求過開店的人捐款，不久前卻開始收錢。來，你們要十個麵包對吧？」

「對啊，不捐錢就不能開店。雖然不是多大的金額，這樣讓人有點不爽。喏，烤地瓜二十個。」

「之前我認識的人受了傷。找神殿幫忙，他們帶了會用治療魔法的人來，卻要我朋友捐一堆錢。當然他本來就打算付治療費啦，可是以前的米拉教不會主動提出這種要求，感覺怪怪的。三十根烤肉串好囉！」

問了許多人得到的情報，大概就是市民明明覺得米拉教的行為不對勁，卻試圖逼自己接受吧？

乍看之下和平的城鎮有股緊繃的氛圍，看來並非錯覺。

「……總覺得靜不下心來。」

「對啊。我不是在罵它啦，不過這座城市的感覺好討厭喔。」

「天狼星少爺說，過於激進的宗教，會導致人類的思想在不知不覺間遭到扭曲。」

走在大道上的信徒們，都穿著漂亮的法衣面帶笑容，然而往建築物間的小巷子看，就會發現常在貧民窟看見的那種人。

天狼星前輩說那種人意外地握有不少情報，但我們不太會跟那種人交涉，便盡量不跟他們接觸，以免引發事件。

我們又去問了其他市民，發現大家對於某個人的反應都一樣。

「聖、聖騎士？呃……他無疑是佛尼亞的守護者喔……嗯！」

「聖騎士大人會用火焰淨化周遭的魔物，所以佛尼亞很少遭到魔物襲擊。我認為他是個好人……只要不跟他扯上關係。」

「別問了。我不太想聽見那個名字。」

一提到聖騎士，市民們要嘛急忙稱讚他，要嘛就是別開目光，彷彿不想跟他牽扯上。

如阿修莉所說，聖騎士會用精靈的力量到處破壞，與米拉教無關的居民都很怕他。

聽了幾則聖騎士引起的嚴重事件，雷烏斯握緊拳頭，一副無法原諒他的樣子。

「那傢伙真的很過分。要不是因為大哥沒同意，我早就去砍了他。」

「不過他打倒外面的魔物，讓佛尼亞免於受害對不對？也有人說他是守護者，這可不是教訓人家就能解決的問題，不可以出手喔。」

「至少對幫助阿修莉的我們而言，他是敵人。但天狼星少爺說得沒錯，盡量別跟他扯上關係吧。」

我們略為繃緊神經，走在路上，發現城市中心的廣場傳來騷動聲。

人多得彷彿在辦活動，聚集於四周的市民卻各個沉著臉，感覺得出他們不想待在這裡。

我和艾米莉亞同時歪過頭，雷烏斯毫不畏懼地詢問附近的人。

「大叔，發生了什麼事？」

「嗯？喔……是聖騎士大人的表演。」

「聖騎士在那喔？那個表演這麼受歡迎啊？」

「怎麼可能。我們是被迫到這邊集合的。」

那人往旁邊挪了一些，讓出位子給我們觀察廣場的情況。

廣場上……有一名女性坐在沒什麼水的噴水池前，背後站著一名紅髮男子，男子身上的法衣鑲著閃閃發光的裝飾品。

「……那傢伙是誰？穿那麼漂亮的衣服。」

「說是表演，他之後要做什麼嗎？」

「你們是外地人嗎？他就是聖騎士大人，這場表演是要對叛教徒殺雞儆猴。這是最近才開始的，亂做什麼事搞不好會被盯上，小心點。」

那個男人就是據說看得見火精靈的聖騎士。

我本來還在想雖然只有聽說他的負面事蹟，既然是看得見精靈的人，我想試著跟他談談……現在我一眼就看出來，我錯了。

因為，他俯視著坐在面前的女性，臉上那抹殘虐冷酷的笑容，跟只把人類當物品對待的貴族一樣。

「請、請等一下！我是發誓永遠信奉米拉大人的信徒！絕不會背叛——」

「吵死了，妳是誰不重要，我只是接到命令要在這裡除掉妳。你們幾個，給我過來！」

聖騎士舉起手臂，頭上出現連這邊都感覺得到熱氣的火焰。

沒念咒文，只是出聲叫喚就能製造出如此強大的火焰，看來他確實會用精靈魔法。

「這種時候要講那句臺詞對吧。『此乃米拉大人的神諭，以火焰對叛徒施以制裁』……這樣。那我就照神諭做啦。」

「啊啊……米拉大人，阿修莉……對不起。」

聖騎士沒有一絲躊躇，揮下手將熊熊燃燒的火焰扔向女性。

我忍不住伸出手想用魔法，但救了那個人不僅會釀成騷動，還會被聖騎士得知我們的存在。

而且旁邊那兩個人都握著拳頭克制著，努力遵守天狼星前輩的吩咐，我也得忍耐才行。

可是，那個人叫了阿修莉的名字……該不會!?

「不……不行！」

我反射性拜託精靈在女性面前製造出一道水牆。

水果然剋火，我製造的水牆不僅擋住火焰，還讓它消失得一乾二淨。

「莉絲姊!?」

「果然……演變成這種事態了。」

「對、對不起！可是……我覺得那個人是阿修莉說的阿曼達小姐，忍不住……」

那名女性的特徵跟昨天阿修莉說的一樣，一想到她對那孩子來說是等同於姊姊的重要存在，身體就下意識行動了。

除了聆聽神諭外，什麼都做不到的阿修莉。

除了會用水魔法外，一無是處的過去的我。

儘管我們的能力與身分都截然不同，同樣生活在被人叫做聖女的環境下，使我將阿修莉跟自己重疊在一起。

「你們倆快逃。這是我的責任……我會想辦法。」

「莉絲姊，妳在說什麼啊。怎麼可能丟下妳一個人不管？」

「妳等於是代替了我們出手。之前天狼星少爺才說過，我們是同一條船上的人。」

兩姊弟完全不介意我闖了大禍，甚至笑著站到前面護住我，令我深受感動。

「而且現在放棄太快了。對方看起來並不知道是誰做的。」

我們混在人群中，又跟聖騎士有段距離，因此如艾米莉亞所說，他好像沒發現出手的是誰。

附近的人也在四處張望，八成是想不到沒念咒的我用了魔法。只要混進人群中，說不定逃得掉。

「什麼嘛。操縱得了那麼猛的火焰，竟然連魔力都感應不到。莉絲姊的魔法也輕輕鬆鬆就把那傢伙的火擋掉，他其實沒強到那個地步吧？」

「不是的。我雖然擋住了剛才的火焰，這附近的水精靈很少，更強大的火焰大概就不行了。而且魔力消耗得很厲害，長期戰對我們不利。」

「沒必要跟他戰鬥。直接逃走的話，還能遵守跟天狼星少爺的約定，找機會逃出去吧。」

我點點頭，觀察其他人的反應，等待時機……

「是誰把我的火滅掉了！給我滾出來！」

大概是因為沒人承認，他不耐煩了吧，聖騎士嘖了一聲，舉起雙手，頭上冒出好幾團同樣的火焰。

火焰彷彿有生命似的在空中竄來竄去，市民們尖叫著開始遠離。

「不出來的話，我見一個燒一個！」

「就是現在！趁亂逃到城外吧。」

「不過，其他人會被他的火……」

「那莉絲專心滅火。雷烏斯負責抱莉絲逃走。」

「交給我吧！」

嗯……這樣我就能專心使用魔法。

火焰在我趴到雷烏斯背上的同時襲向市民，我製造出好幾顆水球抵銷掉。

火的攻擊範圍很大，有點辛苦，但這種程度應該還負擔得住。

本來的計畫是跟著其他人一起逃，不知為何，雷烏斯卻站在原地不動。仔細一看艾米莉亞也一樣，豎起耳朵及尾巴，提高警戒。

我納悶地消除著火焰，水精靈們也叫我要小心一點。

『是那個藍頭髮的女人！真是的，竟然不會偵測魔力，太沒用了。』

等到火焰終於全部熄滅，我望向四周，背後有隻全身纏繞火焰的大狼。

精靈跟姊弟倆警戒的無疑是這隻狼，身體比北斗大一圈。外表不同，給人的感覺倒挺像的，是跟北斗一樣的存在嗎？

可是眼前這隻狼不僅會說人話，還對我們釋放出明確的敵意，和北斗不一樣。

「囉嗦。只要有我的火焰，偵測不到魔力有屁關係。」

『哼，愚蠢至極。』

不知不覺，旁邊的人都跑走了，聖騎士與狼從前後包夾我們。我們的長相被看得一清二楚，大家現在卻沒心情顧慮這麼多。

「你們到底是什麼人？看起來不是一般的信徒。」

「我們不是米拉教的信徒，是剛來到這座城市的冒險者。請問你是米拉教的聖騎士嗎？」

「哼，區區冒險者，講話還這麼不懂分寸。我確實是聖騎士，給我加上聖騎士『大人』。想被我燒死嗎？」

「恕我直言，我認為『大人』該加在名字，而非職稱後面。方便的話，可否請教尊姓大名？」

艾米莉亞故意拖延時間，手放在頸鍊上與大狼星前輩聯絡，我和雷烏斯則集中魔力，戒備對手的行動。

現在應該直接逃跑，那兩個人卻沒有這麼做，我想是因為他們明白無法從這個人手下逃離。

發生這種事全是我的責任，因此我叫精靈無論如何都要保護他們，這時聖騎士突然拍手大笑，不知道在笑什麼。

「哈哈哈！妳說得對。那我就如妳所願，報上名字。我叫韋格。是會用火屬精靈魔法的米拉教聖騎士大人。」

「謝謝您。那麼我們也該自我介──」

「不必。我要找的只有那個藍髮女，剩下的不重要。」

「咦……我？」

還以為他肯定喜歡上了艾米莉亞的態度，結果目標是我嗎？

在我疑惑為什麼是我的期間，艾米莉亞仍在趁機跟天狼星前輩報告。

「妳挺厲害的嘛，竟然滅得掉我的火焰。看來妳會用強力的水魔法。」

「那又……怎麼了嗎？難道你對我滅火有意見？」

「妳妨礙我執行神諭，我當然有意見！」

「那種東西哪稱得上神諭！」

「哼，算了。其實我大可直接燒了妳，不過視妳的態度而定，可以饒妳一命喔？」

難怪市民被問到對聖騎士的感想都無言以對。

我確實礙了他的事，但他嘴上說著在執行神諭，怎麼看都只是把那麼殘忍的行為當成玩遊戲。跟小孩沒兩樣。

「態度？你要我做什麼？」

「要錢的話，只要不要太誇張，我們願意支付。」

「我才不屑冒險者的錢。妳……跟我走。」

這是在……挖角嗎？

他講得很直接，可是這麼高高在上的態度，我不可能點頭。

「我怎麼可能答——」

「妳的回答不重要。只要硬把妳帶走就行。火啊……燒了這些礙事的傢伙！」

「!?大家，拜託了！」

韋格沒聽我說完就直接放出火焰，我反射性用噴水池的水做出水牆防禦。

果然……這裡水精靈很少，不僅會影響魔法發動速度，魔力消耗量也大。雖然我看不見火精靈，推測是因為附近的火精靈太多，導致水精靈無法順利發揮力量。

即使如此，多虧我受過天狼星前輩的鍛鍊，勉強撐得下去，然而因為火焰攻擊範圍廣，無關的人跟周圍的房子開始遭到波及。

「從妳挺身保護那女人這一點，就能看出妳是個濫好人。妳願意跟我一起來的話，要我收手也行喔？」

看來他雖然卑鄙，腦袋卻不差。

噴水池裡的水本來就不多，剛剛的攻防戰又讓裡面的水幾乎全乾了，只靠憑空生出的水，勉勉強強才守住。

我不認為下陣雨就滅得掉他的火，如果附近有河川，就能召來大量的水澆熄火焰了的說。

我咬緊牙關，繼續防禦，我們和韋格身周突然捲起一陣狂風，將差點燒到房子的火焰吹向空地。

「莉絲！周圍的火焰交給我，妳專心對付聖騎士！」

「嗯、嗯！」

「我負責這傢伙！」

艾米莉亞用風巧妙地將火吹向其他地方，這樣就不會波及周遭了。

我們努力防住火焰，雷烏斯則揮劍砍向炎狼。

『哦，這個銀狼族氣勢不錯。沒想到不僅不怕我，還敢砍過來。』

「跟北斗先生比起來，你根本不算什麼啦！」

那隻狼看起來確實很強，可是每天都在跟北斗切磋的雷烏斯一點都不怕。

火狼明明輕鬆躲過雷烏斯的劍，卻來不及閃掉立刻往上砍的連續攻擊，大概是太大意了。

『什麼!?』

「看招!」

雷烏斯的劍終於捕捉到炎狼，砍飛一隻纏繞火焰的前腳。

他準備接著攻擊身體，突然停止揮劍，與對手拉開距離。

『算你行。不過……這種攻擊對我來說一點用都沒有。』

因為，炎狼被砍斷的部位噴出火焰，彷彿什麼事都沒發生般又長出一隻腳。

難道……那隻狼不是身上有火，而是整個身體都由火焰構成?

「既然這樣，就砍到你無法再生為止!」

『我都說沒用了，你聽不懂嗎?身為炎狼的我，只要有火就能無限再生。』

「而我能製造出無限的火焰。也就是說，我跟那隻狗搭檔是無敵的。」

『哼，瞧你得意成這樣。要不是因為有火精靈，我早就吃掉你這種小鬼。』

「那隻炎狼或許是無敵的，但你好像不是唷?」

就算會用強大的精靈魔法，韋格同樣是人類。實際上我的魔法就阻止得了他，他並非無敵。

我跟艾米莉亞使了個眼色，準備同時發動攻擊時……韋格放聲大笑。

「我的火是燒盡一切的火焰。讓我告訴你們，吹再大的風都沒有意義!火啊……

燒盡一切吧！」

下一刻，巨大的火炎以韋格為中心竄出，四周化為一片火海。

我判斷水牆擋不住它，迅速用水球包住兩姊弟，最後準備保護自己時……突然被從背後撞了一下，飛向空中。

我沒有立刻意識到發生了什麼事，等我發現是炎狼咬住我的衣領跳到空中時，已經被帶到韋格身邊。

「幹得好，辛苦了。」

『哼。因為繼續打這種無聊的戰鬥太麻煩了。』

「放、放開我！你到底想幹麼！」

「想幹麼？把妳帶回去啊。」

「不要！放開……嗚！」

炎狼一腳踩住試圖逃跑的我，被壓在地上的我完全無法動彈。

我一邊覺得感覺不到熱度很不可思議，一邊轉過頭，發現炎狼的身體與魔力明顯比剛才更加龐大。

是因為……火精靈在借給牠力量嗎？

『不想被踩扁就別再亂動。』

「喂，要是你敢動那女人，我就不會再拜託精靈借你力量，還會反過來把你的力

量吸走。」

『哼，人類真是難搞的存在。』

「嗚嗚……」

或許是因為從背後傳來的敵意及強大的魔力，我的身體自然開始發抖。這隻炎狼搞不好比北斗還強。

聽他們剛才的對話，我得知精靈會借炎狼力量，戰況對我們越來越不利。會變成這樣全是我害的，但我實在無法對那名女性見死不救。

我……那個時候該怎麼做才是正確的？

「莉絲！」

「莉絲姊！」

不行……

現在不是後悔的時候。

在我旁邊的韋格周遭沒有火，艾米莉亞和雷烏斯那邊卻在熊熊燃燒。

保護他們的水撐不久了，我的魔力也所剩無幾，要是他妨礙我滅火，魔力絕對會不夠用。

只能……

下定決心。

「我、我跟你走！我會跟你一起走，所以把火滅掉！救救他們！」

「不要。點火很簡單，滅火很麻煩。我不會插手，妳自己想辦法。」

這個人……一直只會把妨礙自己的人燒掉嗎？

只把精靈當成道具，任憑衝動使用火焰。

這種人竟然跟我和菲亞小姐是同類……我感到十分悲傷。

「水啊……拜託了……」

為了拯救他們，我抱持用完魔力的覺悟，不斷召喚出水。

體內的魔力越來越少，導致視線模糊，但我不能在這種地方昏倒。

意識模糊的我，好不容易將火焰統統滅掉，韋格愉悅地笑著俯視我。

「哈哈，有心就做得到嘛。以後的火都要交給妳處理，拜託囉。」

「放走……他們。」

「沒辦法。再讓妳勉強下去，害妳累死就沒意義了。」

炎狼判斷已經沒必要封住我的行動，把腳挪開，站到前面威嚇兩人。

『勝負已定。乖乖收手就放你們一馬。』

「唔……莉絲姊。」

「莉絲……」

兩人緊緊握拳，看了都覺得痛，在我笑著要他們不要擔心時……

『……快躲開！』

炎狼突然大叫，用身體撞開韋格。

可能是因為太急吧，炎狼沒有控制力道，把韋格用力撞飛，撞上附近的房子才終於停下。

『有人攻擊我們！光撿回一條小命你就該感謝——唔!?』

「你這傢伙！搞什麼鬼啊！」

炎狼吶喊著衝出去，前一刻所在的位置緊接著爆炸，冒出一個大洞。

難道是……

『好遠……不，還在一邊移動嗎？總之戰況對我們不利。不想死就快逃。』

「管他在哪裡，用我的火焰燒掉就是。告訴我對方的位置。」

『不知道確切位置，你的火也燒不到那麼遠。而且你沒看到剛才的攻擊嗎？不想變得跟那塊地一樣，就快點離開。』

「嘖……別忘記帶那個女人走！」

『……拿你沒辦法。』

炎狼似乎看見了我們完全看不見的攻擊。

牠微微挪動身體，躲開接連不斷的攻擊，跑到我身邊。

然而，炎狼的頭部終於被攻擊命中，開出一個大洞，大概是故意等待牠靠近我的這個時機。

『唔!?比想像中還纏人。』

頭上的洞立刻噴出火焰，跟被雷烏斯砍斷腳的時候一樣再生。

炎狼雖然一副不耐煩的模樣，卻依然沒有受到傷害，無視干擾而把我叼起來，這時攻擊突然中斷。

『不曉得你射了什麼東西過來，真是驚人的威力與準確度。不過，看來只要有這小丫頭在，你就不能出手。』

炎狼故意把我抬高，從容地走向韋格。

在逐漸模糊的意識中，我想至少在最後看看他們倆……

『莉絲……安靜聽我說。』

這時，我聽見天狼星前輩經由魔法傳來的聲音。

為什麼呢……天狼星前輩只是叫我的名字，快要被不安壓垮的心就放鬆下來了。

我差點反射性呼喚他的名字，但我想起他的吩咐，乖乖閉上嘴巴。

『抱歉，現在要救妳出來有難度。沒想到這裡有實力與北斗相當的敵人。』

天狼星前輩不必道歉。是我自己造成的。

『狀況我聽他們倆說了。確實是妳輕舉妄動導致了這個事態，關於這件事，我想跟妳說。』

原來姊弟倆那麼安分，是因為在跟天狼星前輩聯絡。

天狼星前輩想跟我說什麼？我闖了那麼大的禍，被大罵一頓都不奇怪，他的語氣卻十分溫柔。

『莉絲，妳沒有錯。』

……咦？

『拯救別人的性命絕對不是壞事。雖然也可以稱之為天真，那溫柔的心就是妳的優點。而且這次我也有錯，這麼晚才知道聖騎士身邊有炎狼這種生物。』

我不知不覺……哭了出來。

天狼星前輩明白地說我幫助那名女性並沒有錯，我真的很開心。

『不過，臨場反應的能力還不夠。當時還可以採用聲東擊西之類的戰術，而不是把人救下來就好。』

在這種狀況下，還跟平常一樣溫柔指導我的天狼星前輩，使我感到放心。

『繼續保持聯絡。如果對方要對妳硬來，用魔法還是什麼都可以，給我個信號。我會跟北斗一起從正面突破。』

和以前不一樣。

現在我隱約感覺得到。

溫柔的聲音底下，蘊含對於救不了我的怒氣。

可能是我自作多情，但我知道天狼星前輩就是這種人。

所以我……

『我一定會去救妳。等我。』

所以我才會沒把你當成師父，而是將你當成一名男性喜歡著。

《奪還作戰》

——天狼星——

「天狼星少爺！」

「大哥！」

莉絲被聖騎士及炎狼帶走後，我在隱密的小巷與兩姊弟會合，整理情報。一看到我，兩人就悔恨地低下頭，於是我先摸摸他們的頭安慰他們。

「艾米莉亞，雷烏斯，虧你們忍得住。我下的命令太強人所難了，竟然叫你們默默看著那種事發生。」

「怎麼會。雖然很不甘心，我們對上那隻炎狼沒有勝算。天狼星少爺的判斷是正確的。」

「大哥沒有錯。現在得快點把莉絲姊救出來！」

「別著急。我已經有計畫了。」

莉絲被帶走，還不到一小時。

這段期間她聯絡過我一次，被帶到米拉教的神殿後，韋格沒有把她綁起來，將她關進某間房間……莉絲報告時很冷靜，看來還撐得住。

問題是那隻炎狼。

我從莉絲口中得知牠能藉助火精靈的力量，就算這樣，竟然能躲過我的遠距離狙擊魔法「狙擊」。

那個魔法比音速還快，牠在我射擊的同時就躲開了，看這個反應速度，或許接近於野性的直覺。仔細一想，北斗在訓練時也躲得過，把牠們視為同種族的話，這並不奇怪。

「大哥，別站在這種地方了，快去神殿吧。莉絲姊被人抓走，大哥都不會不甘心嗎！」

「雷烏斯……」

「嗚!?」

糟糕……雖說是為了讓他冷靜下來，我不小心狠狠瞪了雷烏斯一眼。

這次的問題除了莉絲輕舉妄動外，我沒考慮到不只聖騎士，還有像炎狼這種強大的存在，也占了一部分的原因。

可是……

「你以為……莉絲被人抓走，我不會不甘心？」

我當然很氣自己，但抓走莉絲的那個人渣和狼，絕對不可饒恕。

一定要讓他們後悔……對我的徒弟出手。

「沒、沒有的事！」

「這才是天狼星少爺！」

之後，我跟不知為何提心吊膽的雷烏斯，以及兩眼閃閃發光的艾米莉亞一同等待，感覺到有人正在接近這邊。

似乎不是我在等的對象，但我感覺不到敵意，便繼續站在原地，出現在我們面前的，是一名穿著破爛法袍的女性。

「那個，可以打擾一下嗎？」

「妳是……」

「啊，是在廣場差點被燒死的人。」

「是、是的！我叫阿曼達。真的很謝謝你們剛剛救了我。」

是姊弟倆說的那名在廣場差點被處刑的女性嗎？

她說她趁亂逃了出來，因為擔心我的弟子們，一直躲在暗處偷看。

然後為了跟弟子們道謝而來到這裡。

「都是因為要救我，才害你們的同伴被抓，真不知道該怎麼向各位道歉……」

「請不要介意，那孩子被抓走，有一部分的原因在於我們的失誤。對了，請問妳是阿修莉的夥伴嗎？」

「各位認識阿修莉嗎⁉」

莉絲猜得沒錯，她好像就是阿修莉說的那名女性。

我也有考慮到她不是本人的可能性，不過問了幾個關於阿修莉的問題後，我判斷應該是本人沒錯，向她說明救下阿修莉的經過。

「啊啊……太好了，那孩子沒事。」

「要讓妳們見面是可以，在那之前有件事想拜託妳。可以請妳幫個忙嗎？」

「各位是救了我跟阿修莉的恩人，只要我做得到，請儘管吩咐。」

「希望妳和這兩個人一起去找與米拉教抗爭的信徒。」

雖然這導致了莉絲被人擄走，救下她肯定有價值。

我已經從情報販子口中問到那些信徒的所在地，但要跟他們接觸的話，只有我們幾個會很麻煩。

我想等找到安全的據點再帶阿修莉過來，有阿曼達在，和他們接觸也會比較方便。

「你們跟她一起去，告訴信徒聖女平安無事。這樣士氣應該也會提升，今後會比較方便行動。」

「要我們擔任她的護衛嗎？那麼，天狼星少爺要去救莉絲對不對？」

「我也想去！我要去救莉絲姊！」

「不行，你們的長相被記住了。我打算光明正大拜訪一次，先刺探敵情。」

既然他拐走莉絲，韋格毫無疑問是我們的敵人。

也就是說，我們會與米拉教開戰，我想先看看敵人的大將多魯加是何許人物。

「可是，冒險者想進神殿有難度唷。要不是因為我是阿修莉認識的人，連我這樣的信徒都很難隨便進去。」

「沒問題。如果不是以信徒身分，而是做為使者——噢，她來了。」

「對不起，讓你等那麼久。我花了點時間說服那孩子。」

熟悉的氣息令我們回過頭，是用斗篷遮住全身的菲亞。

「菲亞姊？妳怎麼在這裡？」

「當然是天狼星叫來的呀。來，你要的東西。」

菲亞遞給我一塊布，兩姊弟一臉疑惑，看到攤開來的布上繡著艾琉席恩的國徽，想了起來。

「那是莉菲爾殿下給的……」

「嗯，她預約我當她的近衛時送的斗篷。穿上它應該就能以艾琉席恩使者的身分進去。」

這件斗篷我一直收在馬車裡，沒機會用到。

雖然我不太想依靠權勢，為了莉絲，就祭出這東西吧。莉菲爾公主應該也會同意。

「你會直接去神殿對吧？有我跟著，可信度會比較高。」

「妳也要來？」

「這還用說。我想看看那個抓走莉絲的猖狂小弟弟長什麼樣子。」

菲亞面帶笑容，感覺起來卻相當憤怒。

因為對她來說，莉絲不只是同樣看得見精靈的夥伴，也是可愛的妹妹。

我不可能拒絕得了，更重要的是菲亞說得有道理，就跟她一起去吧。

「那麼，按照計畫行事。得告訴那些人他們惹到了誰。」

我當然不會說出莉絲是王族。

我打算利用她在艾琉席恩被人冠上的聖女之名。

不曉得對方會不會因此乖乖把莉絲還來，但他們那麼為所欲為，我也得回敬幾分顏色。

「開始行動。」

我跟菲亞與兩姊弟及阿曼達分頭行動，來到城市中心的神殿，也就是米拉教的大本營。

我的設定是艾琉席恩的使者，所以堂堂正正走在路中央的我們非常引人注目。

不對……引人注目的八成是菲亞，而不是我。

走在我旁邊的菲亞不僅把喬裝用耳環拿掉，也沒用斗篷遮住臉，妖精的相貌直接暴露在外。

「我倒覺得耳環可以不必拿下。」

「多提升一點可信度不會有壞處吧？畢竟艾琉席恩有人稱魔法大師的有名妖精。」

我的助手是妖精，會讓人覺得跟魔法大師有關，增加可信度的意思。

問題在於那些因為菲亞的種族及美貌跑來糾纏我們的傢伙。不過我身上的豪華斗篷會讓人覺得我有一定的地位，大部分的人都只是遠遠看著。

然而，其中也有一些控制不住好奇心，跑來跟我們搭話的人。

「這位小姐，妳對米拉教有興趣嗎？要不要跟我聊聊米拉教？」

這名男子身穿豪華法袍，是米拉教裡地位較高的信徒吧。

表面看來只是要傳教，可是從他的眼神判斷，這人顯然盯上了菲亞。

菲亞冷淡地微微點頭致意。

「我在工作，請容我拒絕。我只會聽從這位男性的命令行事。」

她好像已經把自己設定成我的祕書。

男人看見菲亞堅定的態度，覺得不可能說動她，將目標轉移到我身上。

「你們要去神殿對不對？我可以幫忙帶路——唔!?」

被我蘊含殺氣的眼神一看，男人立刻飛奔而逃。

我不知道米拉教有多偉大，不過看不出我是重要人士的傢伙，麻煩不要擋路。

我用鼻子哼了一聲，彷彿在說「不要為這種無意義的事妨礙我」，收回祕書表情的菲亞掩嘴笑了出來。

「呵呵……你表面上看起來很冷靜，內心卻熱得會燙傷人。」

「那當然。得快點讓他們知道對莉絲出手的後果有多嚴重。」

這樣下去，艾琉席恩真的會派精銳部隊前來，滅掉米拉教……可能性挺高的。莉絲的父親及姊姊極度溺愛她，很可能幹得出這種事。

我有點擔心起那邊的狀況，再用「傳訊」確認一次好了。

「莉絲，還好嗎？」

『啊，天狼星前輩。我沒事，雖然還被關在房間。』

跟之前報告的內容一樣，莉絲還在同一個地方。

把她帶過去卻放置不管，有點奇怪，聽說是因為韋格一回到神殿就被穿著豪華法袍的男人叫過去，還沒回來。

能讓韋格乖乖聽話，那個男人想必是大主教多魯加。

「偵查完我就去接妳，在那邊等我，千萬不要大意。」

『嗯，小心點。』

從她的語氣判斷，莉絲似乎不覺得不安或恐懼。至少目前沒必要強行突破。

米拉教的神殿蓋在山上，離這邊有點遠，因此我和菲亞邊走邊談論精靈魔法。

「我記得精靈魔法的威力，會因為附近的精靈數量而改變？」

「嗯。同屬性的精靈越多，不只能提升威力，連魔力消耗量都會減少，魔法發動速度也會變快。」

精靈魔法是靠施術者給予精靈魔力發動的魔法。簡單地說，就是精靈代替施術者使用魔法。

而精靈似乎擁有會跟附近的同屬精靈合作的習性。

「其實在城外等你們的時候，我稍微飛了一下，這一帶風精靈很少，消耗的魔力比想像中還多。本來只要消耗一魔力的魔法，現在要花到兩倍的感覺。」

「經妳這麼一說，莉絲也說水精靈很少。」

「雖然我只看得見風精靈，這邊的火精靈好像挺多的，也許是因為那個小弟弟狂用火魔法。」

之前聽菲亞說過，頻繁使用精靈魔法，周圍的精靈就會活性化，增加同屬性的精靈。

比如說，使用風屬精靈魔法，風精靈就會活性化，叫來同屬性的精靈。其他屬性的精靈就會像逃跑似的，移動到其他地方。

再怎麼集中當然也有限度，一個地區不會全是同屬性的精靈。火精靈數量多，照樣能使用水屬精靈魔法，就是這個原因。

「那個人稱聖騎士的孩子，不是常到佛尼亞周圍驅逐魔物嗎？我想這附近大概都是火精靈。」

「水精靈數量少，又出現和北斗同等級的魔物，打不過人家也沒辦法嗎……」

假如沒有炎狼，在同等條件下戰鬥，莉絲肯定贏得了韋格。

然而條件相同的戰鬥，只有訂好規矩的遊戲或比賽吧。

本以為弟子們都變強了，只要三個人一起上，除了上級冒險者集團或傳說級的魔物，應該都應付得來，想不到會發生這種事。

我在內心反省自己有點太天真，菲亞瞇起眼睛，拍了一下我的肩膀。

「真是，用不著這麼沮喪吧。這樣講對莉絲不太好意思，不過這次是那孩子自己招致的結果。」

「我沒有沮喪，但我太大意也是事實。得記取教訓才行。」

「真積極。不過，真的該加油的是看得見精靈的我跟莉絲喔。別想得那麼複雜，你就跟平常一樣在後面保護我們吧。光是這樣就能激勵我們，讓我們放下心來。」

「……是啊。謝謝妳，菲亞。」

「呵呵，不客氣。別看我這樣，我可是姊姊呢。」

自然地在精神方面支撐我的菲亞的溫柔，令人覺得很舒適。

遇見這麼可靠的人，還能跟她在一起，得好好感謝才行。

我們爬了一陣子樓梯，終於走到米拉教的神殿前。

走近一看，這座神殿比想像中還大，抬頭才看得見裝飾在頂端的米拉教象徵——太陽紋章。

沒有國王卻蓋了這麼大的建築物，搞不好米拉教的規模比我想像中還大。

聽阿修莉說，神殿巨大的正門通往廣闊的禮拜堂，一般信徒也能進去。

正門旁邊的普通的門則通往住宅區，只有地位高的信徒可以通行。

入口處當然有兩位信徒在看門，我毫不在意地走過去。

「這邊只有米拉教的人能進去。想祈禱的話，請到那邊的禮拜堂。」

「我們有急事，想跟管理米拉教的大主教見面，請你們幫忙通知。」

「沒聽說大主教大人有這個行程。大主教大人很忙，請先去找禮拜堂的櫃檯人員安排。」

好了……之後就是使者身分出馬的時間。

信徒用極其正當的理由把我們趕回去，我亮出繡著艾琉席恩國徽的斗篷，用充滿威嚴的聲音說道：

「我是梅里菲斯特大陸，艾琉席恩下任女王莉菲爾殿下的近衛，擔任某位要人的護衛來到佛尼亞。」

「喔、喔……」

「可是，護衛對象在我不注意的時候失蹤了。市民說她被米拉教的聖騎士帶走。是比我矮一顆頭，藍色長髮的美麗女性……你們沒看過嗎？」

「不……我……」

信徒起初對我投以懷疑的目光，一聽見莉絲的特徵，表情就出現些微變化。莉絲很可能是跟韋格一起從這邊進去，趁他動搖時再追問幾句吧。

「那位女性是艾琉席恩的重要人物，我想直接請問大主教她有沒有到這邊來。」

「不會花太多時間，可以請你至少傳個話嗎？如果連大主教都見不到，只好跟上頭報告我們在米拉教這裡遭遇閉門羹了。」

「請、請兩位稍待片刻！」

本來還在想不知道艾琉席恩的名字能不能傳到這裡，不過我光明正大的態度，加上繡著精緻紋章的斗篷，還帶著罕見的妖精，很難直接認定我是冒牌貨，把我趕回去。

如我所料，其中一個信徒留在原地，另一個人則前去確認，八成是覺得不能憑自己下決定。

我抱著賂膊默默等待，接著大主教似乎同意見面了，我們成功進入神殿。

我和菲亞將武器交給信徒，在莫名緊張的信徒帶領下，於建築物內前進，最後抵達接近神殿中心的房間。我在途中發動「探查」，莉絲好像在其他房間。

「大主教大人在裡面等待兩位。」

「我們走到挺裡面的，這間房間是？」

「是大主教大人的辦公室，也是用來接待有一定地位的人的房間。聖騎士大人也在裡面等候。」

信徒說完便快步離去，我稍微加強警戒，敲敲門，等裡面有人應聲才進到房內。

「歡迎兩位。請坐，不用客氣。」

疑似大主教的男子，笑著坐在用高級木頭做成的大桌前。

年齡差不多四十歲吧。

身穿豪華法袍，留著頗有威嚴的長鬍鬚，面帶柔和笑容的模樣，怎麼看都不像會陷害阿修莉的人。

但我並沒有看漏——雖然我一進房他就隱藏起來了——那像在觀察我們的銳利目光。

剛才我遠遠看見的韋格站在大主教旁邊，安分到讓人無法想像他會隨便放火。他看起來不打算對我們怎麼樣，我們還是一邊留意有沒有陷阱，坐到椅子上自我介紹。

「初次見面。我是艾琉席恩下任女王的近衛，天狼星。」

「天狼星？我記得是之前在鬥武祭奪得冠軍的……」

「就是我。首先，我們來得這麼突然，感謝您在百忙之中抽空與我們見面。」

「不會，不僅是那個有名國家艾琉席恩的人，還是鬥武祭冠軍，我沒道理拒絕。不好意思，這麼晚才自我介紹，我是米拉教的大主教多魯加。」

多魯加向我伸出手，我伸手回握。

嗯……從手的狀態看來，多魯加不是會拿武器的人。完全是負責內政的吧。

介紹完站在我旁邊的菲亞後，多魯加眼神變了。

「這還真是……跟警衛說的一樣，你的同伴是位美麗的女性呢。」

「是的。她叫菲亞，是我的戀人兼助手。」

「我叫菲亞。能見到赫赫有名的米拉教大主教，深感榮幸。」

「喔喔……這麼年輕就得到了如此顯赫的地位及戀人，看來天狼星先生擁有相當優秀的才能啊。」

多魯加看待菲亞的眼神，帶著些微的慾望。

韋格則跟他不同，對菲亞投以慾望表露無遺的目光。

「這是我的兒子，在米拉教擔任聖騎士的韋格。來，跟人家打招呼。」

「我叫韋格。你帶的妖精挺漂亮的。怎麼抓到的？」

「喂！不准對客人這麼沒禮貌！」

外表雖然沒有半分相似，從看上同一個女人這點來看，這兩個人挺像的。

多魯加開口規勸毫不掩飾本性的韋格，卻阻止不了他。

「有什麼關係。說漂亮的東西漂亮有錯嗎？嘿，妖精小姐啊，比起那個男人，不如跟我——」

「哎呀，我對沒格調的小弟弟沒興趣。回去練練再來。」

「哦……」

菲亞講話真不客氣，是因為他抓走莉絲，惹火她了嗎？

看到菲亞這個態度，韋格露出愉悅的笑容，肯定是想要使用蠻力讓菲亞收回前言。

互瞪的兩人間瀰漫緊繃的氣息，然而現在還不是開打的時候。

我清了下喉嚨向多魯加提問，以轉換氣氛。

「對了，米拉教好像有個人稱聖女的女孩？我認識一位同樣被叫做聖女的女性，真想見見這邊的聖女。」

「很遺憾，不太可能。講起來真丟臉，現在她不是米拉教的聖女，而是被趕出去的叛教徒。」

「叛教徒？聽起來真可怕。」

之後多魯加說明了阿修莉被趕出去的原因，大部分都跟阿修莉說的一樣。

不同之處是，一知道我不太瞭解聖女這個存在，多魯加就講得一副阿修莉乃萬惡淵藪的模樣。

「聽說她表面笑著幫助遇到困難的人，私底下卻恐嚇信徒捐款。年紀輕輕就做這種事，可嘆啊。」

「意思是她拿米拉教隱藏真面目，暗地做了許多壞事嗎？難怪米拉大人會生氣。」

「米拉大人是公平的愛的女神，但她絕不會饒恕玷汙自己的人。祂會向我下達神諭，命令我制裁叛教徒，也是理所當然。」

「我明白了。這種惡人我也無法容忍，找到她的話我會立刻跟您報告。」

「我們還沒抓到她，若你願意幫忙就太好了。不過，千萬不要殺掉她。我們會在米拉大人面前給予相應的制裁。」

我專注在多魯加的眉毛及視線上，觀察他的人格。

又聊了一下後，我大概理解了多魯加的個性，發現旁邊的韋格開始不耐煩。

話講到一半又被他打斷很麻煩，趁他抱怨前進入正題吧。

「哎呀，米拉教的事情太有趣，我差點不小心忘記講正事。我有個習慣，就是遇到好奇的事會太投入。」

「若你對米拉教有興趣，我樂意跟你分享。那麼……所謂的正事是剛才你跟警備提到的尋人事件嗎？」

「是的。艾琉席恩有位擅長水魔法、被稱為聖女的女性，不只我國的下任女王，連那位有名的魔法大師都很喜歡她。」

「……有這麼一號人物。」

表情沒變，卻有那麼一點緊張，可見他應該發現我講的人是莉絲了。

不只王族，我還祭出那個有名的魔法大師的名字，他不可能無視得了。順帶一提，羅德威爾跟莉絲是熱愛蛋糕的好夥伴，我並沒有說謊。

多魯加掙扎著該如何回答，我沒有給他那個時間，緊接著說道：

「下任女王莉菲爾殿下命令我保護外出修行的聖女，因此我才陪在她身邊。但她有個習慣是每到一座新城市，就會去街上到處散步，這次也在我稍不注意的時候走丟了。我在街上問了好幾個人，聽說她是被叫做聖騎士的人帶走。」

「原來如此……」

「假如她發生什麼意外，不只王女，魔法大師也可能有所行動。我想在事情鬧大前找到人，請問您看過她嗎？」

「這、這個……」

「沒看過。」

我拐了個彎叫他把莉絲還來，韋格卻一拳往桌子打下去，直接否定。

「什麼!?韋格，你……」

「突然跑過來說我是綁架犯？沒親眼看到還敢這麼說，那個什麼艾琉席恩的近衛都這麼搞笑嗎？」

被人說是綁架犯確實會令人不快，但有不少市民目擊到，我認為證據足夠充分。他八成覺得只要用火焰威脅，之後就能自由操控目擊證言。

「……你真的沒看過她？」

「廢話。藍頭髮的女人到處都是，我帶走的是其他人。」

「那麼可以讓我見見那名女性嗎？我想確認一下跟我們在找的是不是同一人。」

「早就趕出去了！大概還在附近晃吧？」

他掰的理由跟小孩子同等級，態度也等於在告訴我事有蹊蹺，不過韋格似乎打算死不承認。

或許是因為他的怒氣下意識讓精靈起了反應，韋格身周開始冒出火焰，室內的氣溫上升了一些。

多魯加想安撫韋格，免得他燒了房子，可是他不僅被韋格無視，還因為火焰嚇得不敢靠近。

「精靈魔法有時候挺麻煩的。我一生氣，火焰就會自己出現。所以勸你最好在我手滑前——」

「好、好的。既然那名女性已經離開，我想我們該告辭了。」

收集到了足夠的情報，今天就到此為止吧。

先不說多魯加，現在我知道韋格沒有放走莉絲的意思，如情報販子所說，這個男人正逐漸變成連養父多魯加都無法控制的存在。

我假裝屈服在他的威脅下，用手撐著桌子，站起來低下頭。

「那麼我們會聽從聖騎士大人的建議，再去街上找找看。不好意思，浪費兩位的時間。」

「嗯、嗯……幫不上忙，我們才該道歉。方便的話，要不要去禮拜堂跟米拉大人祈禱？米拉大人說不定會引導你們。」

「那女人喜歡到處亂走不是嗎？我看是跑到城外了吧。」

「你給我閉嘴！」

「原來如此，我會參考看看。告辭了。」

我轉身背對快要吵起來的兩人，竊笑著走出房間。

到外面時已經傍晚了，大概是因為我跟他們聊了很久。

拿回武器的我們離開神殿，走在路上假裝在找旅館，菲亞小聲問我：

「欸，天狼星。假裝怕他是沒問題，可是為什麼不直接叫他們把莉絲還來？」

「我想先知道告訴他們抓走莉絲的危險性後，他們會有什麼反應。」

「結果只看到那個幼稚的小弟弟惱羞成怒。」

「不，我說的是我們離開後的反應。其實，現在他們的對話全被我聽在耳裡。」

走出房間前，我在桌子下面放了刻著特殊魔法陣的魔石。

那顆魔石上有我新發明的魔法陣，注入魔力發動後，就會吸收周遭的聲音。是我刻「傳訊」魔法陣時碰巧做出來的失敗作之一。

魔石上還纏著極細的「魔力線」延伸到這邊，透過這條「魔力線」就能聽見魔石周圍的聲音。也就是有線式竊聽器。

在某些狀況下是非常好用的東西，不過發動後魔石內的魔力會持續消耗，不到一小時就會用完，變成普通的石頭，不是很好用。順帶一提，我曾經試著將它改良成可以從外部補充魔力，但消耗速度比補充速度更快，所以沒有意義。

不僅要持續發動「魔力線」，還得犧牲昂貴又稀有的魔石，很傷荷包，因此這種魔石我只做了一些。

從擬似竊聽器傳來的對話如下。

『你在想什麼！別說國家了，你想跟那個魔法大師為敵嗎！』

『喂喂喂，你覺得那傢伙回艾琉席恩告訴魔法大師再回到這裡，要花多少時間？在那之前調教好那個女人，把她當成人質不就得了？』

『不能為區區一個女人冒這麼大的風險。』

『有什麼關係？再說，只要讓那傢伙不能回國報告不就得了？有我的火焰，這沒什麼困難的。』

『哪那麼容易，人家可是鬥武祭冠軍。』

『喂，參加鬥武祭的全是依賴武器戰鬥的白痴吧。什麼都能用的話，哪有人贏得了我的火焰。』

『是這樣沒錯……』

『幹掉那傢伙，還能得到那個妖精喔？我知道你看上了那個女人。』

『嗯……好吧，但別在街上下手。對方是鬥武祭冠軍，容易留下證據。』

『囉嗦，少對我的做法指指點點！你打算命令我到什麼時候！』

『是我把你撿回來養大的！最近你卻一直做我沒命令的事，給我添麻煩。知不知道要把那些事壓下來有多累！』

『是你告訴我只要有我的火焰，什麼都做得到吧？我是在照你說的做，為什麼要被你罵！』

『總要有個限度！你以為凡事都能靠威脅——』

『啊啊……可惡！我不想再聽你說教了！』

之後，韋格用火強制讓多魯加閉上嘴巴。

以上是我們離開後的對話，他們對我們的看法顯而易見。

之後魔石的魔力就用完了，再也聽不到聲音，於是我消除「魔力線」，將這段對話轉述給菲亞，菲亞發自內心露出傻眼的表情，抬頭看著神殿。

「養小孩的方式不對，有可能養出那樣的孩子。我們也得小心才行。」

不能太嚴格，也不能太寵小孩……教育真難。

我的徒弟都長成了乖孩子，這部分倒是沒讓我太操心。

我將視線從暗示自己想生孩子的菲亞身上移開，清了下喉嚨，改變話題。

「這個之後再說。總之，搞清楚他們的底細了，去救莉絲吧。他剛才那麼肯定莉絲不在神殿，人不見了也不成問題。」

「再說，我們又沒必要配合他的說詞。」

「沒錯。艾米莉亞跟雷烏斯好像也回馬車了，妳也回去吧。」

我叫姊弟倆跟與多魯加抗爭的信徒談完後，直接回我們的馬車。

阿曼達也在的樣子，他們已經走到城外，看來一切順利。

「那我先回去囉。帥氣地把莉絲救回來吧。」

「我走了。」

我將斗篷交給菲亞，進入小巷以免被人看見。

只要靠我上輩子練出的技術，再加上「空中踏臺」及「魔力線」，在這個世界應該沒幾棟建築物是我無法潛入的。

不走樓梯，而是從懸崖處爬上去，就不會被任何人看見，我卻躲在岩石後面觀察情況。莉絲的所在地已經掌握住了，韋格也有辦法處理……問題是炎狼。

牠的探查能力似乎跟北斗同等級，很可能一接近神殿就被牠發現。

以我現在的裝備，同時對付炎狼和韋格太危險，因此我決定把炎狼引出神殿。

剛才我用「傳訊」下達指令，牠差不多該行動了……

『……嗷……嗷嗚……』

我隱約聽見北斗的咆哮聲乘風傳來，炎狼瞬間現身於神殿的屋頂，跑到街上，拿住宅的屋頂當踏腳石奔向城外。

北斗這樣的存在出現，炎狼果然無法坐視不理。

順帶一提，我叫北斗不要跟炎狼戰鬥，調虎離山即可。事已至此，免不了與他們一戰，但我想等救出莉絲後再正式開打。

「拜託囉，北斗。」

我叫北斗千萬不要勉強，利用「魔力線」潛入神殿。

莉絲目前沒有危險，因此我沒有馬上去救她，而是在神殿內部走動。

裡面當然有警衛，可是我能用「探查」掌握警衛的位置，不費吹灰之力就避得開。我躲在死角，利用遮蔽物隱藏身姿，於神殿內探索，來到據說保存著重要資料的倉庫。

目標不是財寶，是證明他們違法的證據。

我拿了幾個有用的東西，藉由「探查」的反應發現韋格正在往莉絲那邊前進，配合他開始移動。

莉絲被關在神殿中庭的建築物內，聽信徒說那裡是韋格的房間。

我抵達那裡時，韋格在跟看守中庭的人說話。他似乎下令暫時不要讓任何人靠近，確認四周沒人後，走進建築物。

我太晚來了，不過無所謂，反正我也有事找韋格。

我告訴莉絲我已經到了後，接近建築物，從窗戶窺探內部，韋格正在糾纏莉絲。

「開口閉口都是天狼星天狼星，吵死人了。可惜那傢伙以為妳不在，回去了喔？」

「你覺得天狼星前輩會乖乖打退堂鼓嗎？」

「再怎麼逞強都沒用，這就是事實。明天我會把那傢伙燒焦的屍體帶過來，期待吧。」

「……你擁有那麼強大的力量，為什麼只會用在這種地方？精靈不是用來聽你命令的道具！」

「不對，就是道具吧？只要我命令，精靈什麼都會聽。」

「才不是！精靈是朋友！」

身為看得見精靈的人，肯定無法原諒韋格這麼說。

莉絲堅定地反駁，導致韋格心情越來越差，她卻沒有因此害怕，與韋格對峙。

雖然現在這個狀況不容放心，看到平常鮮少生氣的莉絲氣成這樣，我決定默默等待機會來臨，沒有立刻衝進去。

「只會用力量威脅人，等你需要幫助時會沒人願意幫你的！」

「什麼需要幫助啊。不可能有人敵得過我的火焰。」

「世界上有很多比你強的人！而且，我重視的人教過我，因為力量而墮落的人也是存在的。」

「呿，自以為了不起。要不要我立刻管教妳一下，讓妳再也不敢用這種態度跟我說話？」

「那我就來管教你吧。」

「嗯？是誰——嗚!?」

我用偷偷射出去的「魔力線」纏住韋格的腳踝，注入適量的魔力，韋格全身抽搐，倒在地上，彷彿被我上輩子的電擊槍電到。

這招可以強制讓對手無力化，我隨便取了「電擊」這個名字。

拿出全力的話，威力強到會不小心破壞對手的身體，要將力道控制在只讓對手無力化非常困難。

「啊……呃……」

「看來還有意識。聽得見我說話嗎？」

韋格只有脖子跟眼睛勉強能動，憤怒地瞪著走到他旁邊的我。

「你這傢伙……是……剛剛……的……」

「你引以為傲的火焰，用不出來就沒意義了。被自己看不起的人搞到動彈不得，只能抬頭看著他的感覺如何啊？」

「我……我要……殺了……你。」

他咬緊牙關，試圖起身，可惜因為全身都處於麻痺狀態的關係，頂多只能掙扎幾下。

推測一小時後他就站得起來了，足夠讓我傳達用意，帶莉絲逃走。

「我之所以特地來這裡，是因為有話跟你說。但在那之前——」

我回過頭，莉絲伸出來的手停在空中，杵在原地。

看來她因為給我們添了麻煩，不好意思走過來。

我向她招手，叫她不要介意，莉絲便笑著撲到我懷裡。

我抱住她摸摸頭，莉絲兩眼泛淚，抬頭看著我。

「天狼星前輩，謝謝你。還有……對不起。」

「妳沒事就好。不用擔心囉。」

「是！」

莉絲對我露出自然的笑容，似乎沒有受到心靈創傷。

我鬆了口氣，倒在腳邊的韋格一副不甘心的樣子呻吟著。

「那……那傢伙是……我的……東西……」

「不對。莉絲是我的東西。」

「啊嗚!?」

我不太喜歡用「東西」稱呼女性，可是唯獨對這傢伙，我非得講清楚才滿意。

聽見我這麼說，莉絲瞬間臉紅，像要掩飾害羞般把臉埋在我胸口，扭來扭去。

我覺得這句臺詞挺做作的，不過她高興就好。

莉絲滿臉通紅，同時也知道現在還不能鬆懈，放開我站到我背後。看來她知道我想做什麼。

我摸了下莉絲的頭，冷冷俯視韋格。

「好了，現在知道你活在多狹隘的世界了嗎？」

「那……傢伙……死……哪去了……」

「炎狼在城外跟我的夥伴玩鬼抓人。就是因為你太依靠精靈，才會給人可乘之機。」

「要是有……我的……火焰……你這傢伙……根本……」

「唉，你這種類型不在能使用能力的狀態下打倒你，是不會認輸的。所以給你個機會吧。」

要在這邊解決韋格易如反掌，然而考慮到我之後的計畫，現在殺掉他有點太快了。

「佛尼亞東南方有塊全是岩石的荒野對吧？明天早上，帶炎狼一起來。我和我的夥伴當你的對手。」

最重要的理由，是我個人的堅持。

除了想讓他後悔抓走莉絲外，我想把他打得體無完膚，給他重新審視自我的機會。

還想告訴他精靈魔法不是萬能的。

「要帶炎狼以外的夥伴來也行。到時你會變成對自己的力量沒信心的弱者就是了。」

「……少……看不起我……」

「這副狼狽的模樣，你不想讓任何人看見，也不想讓任何人知道吧？勸你審慎思考過後再行動。」

根據我之前的觀察，這傢伙是缺乏耐性的類型，隨便挑釁幾句八成就會上鉤，但為了以防萬一，我還是盡量激怒他。

最後，我不屑地對韋格嗤之以鼻，帶莉絲離開。

走出韋格的房間時，太陽已經下山，外面一片黑暗。

這樣的話，在天上飛應該不太可能被看見。我將莉絲抱在懷中，用「空中踏臺」悠哉地逃出神殿。

我俯瞰著城鎮移動，在離神殿有段距離時，用「傳訊」通知北斗救出莉絲了。

「搞定了，甩掉那傢伙回來吧。有什麼事給我個信號。」

炎狼去追北斗時，並沒有處於白天那個藉助精靈之力的狀態，專注在逃跑上就逃得掉。

是說這個狀況，跟在艾琉席恩把莉絲從城裡帶走時一模一樣。

當時的莉絲因為突如其來的事態愣在那邊，現在的她則嘆了口氣，明顯心情不好。

「怎麼了？瞧妳一臉憂鬱。」

「啊……嗯。一放下心，就想到我給大家添了麻煩……」

「我不介意，不過妳回去彌補一下艾米莉亞跟雷烏斯吧。他們親眼看著妳被抓走，擔心得不得了。」

「嗯。我一時之間想不到該怎麼補償他們，等事情告一段落，煮一頓大餐給他們吃好了。大家當然也一起。」

「不錯啊。我很期待。」

基本上，負責幫大家煮飯的人是我，但莉絲常會幫忙，讓她練出一手好廚藝。

我默默思考要不要點菜請她煮，發現莉絲面色凝重，盯著我陷入沉思。

這個表情……應該是有重要的事想告訴我。

我沒有說話，以免妨礙她思考，終於整理好思緒的莉絲緩緩開口。

「天狼星前輩，我被關在那邊時一直在思考……發現自己還是無法對別人見死不救。那個時候，就算換成與阿修莉無關的人，我也會去救他。」

「……是嗎？」

「對方真的是大壞人，可能還有辦法放棄。但我無論如何都會覺得，如果以我的力量幫得了對方，就想去幫助人家。」

莉絲果然太溫柔了。

溫柔到見識過現實的殘酷，遇到這次這種危機，仍然想繼續拯救他人。

「雖然可能會給大家添一堆麻煩，今後我也想遵循自己的意思活下去。跟姊姊對我說的一樣，變得更任性。唯有這一點……我不想讓步。」

沒想到她會直接說要給我們添麻煩。

跟只會觀察其他人的臉色，以免給別人添麻煩的時候比起來，莉絲學會貫徹自身的主張了。

「……那就是妳選擇的道路。說不定總有一天，妳會面臨在兩條生命間只能保住其中一條的痛苦抉擇喔？」

「即使如此……我還是想雙方都救。我知道想統統拯救很不知天高地厚，可是，我不想犧牲任何一方。」

「哈哈，真的很任性。這樣的話，妳得變得夠強才行。」

這麼天真的想法，可能會反過來害到她，但莉絲就是因為如此溫柔，才會自然吸引住別人，讓人想伸出援手。

莉絲的溫柔是缺點，亦是優點。

讓弟子失去優點不符合我的原則，更重要的是，這是莉絲自己選擇的道路，當老師的我得為她打氣才行。

我對她微笑，莉絲彷彿下定了決心，慢慢點頭。

「我想變得更強。想變得跟天狼星前輩一樣，讓自己能任性地活著。」

「嗯？妳覺得我是任性的男人嗎？」

「不、不是啦！不是不好的意思，是指像你那樣，不違背自己的原則……討厭，你明明知道我的意思！」

我逗了她一下，莉絲鼓起臉頰，氣噗噗地看著我，接著馬上露出柔和的笑容。

她終於恢復平常，我也對她的決心表示點想法好了。

「莉絲，包含這次的事在內，我從來沒有覺得妳給我添過麻煩。艾米莉亞、雷烏斯、菲亞當然也一樣。」

「不過，都是我害事情變成這樣……」

「狀況確實有了巨大的變化，可是也有人因妳而得救。而且我教過你們很多次，重要的不是後悔，而是要吸取經驗，做為成長的糧食。」

沒嘗過失敗的滋味，不可能得到真正的力量。

至於老師的職責，就是——雖然不是凡事——協助弟子。

「既然妳想更接近自己的理想，我也會全力支援妳。所以不要害怕失敗，繼續朝前方邁進。那就是我這個老師的願望。」

「嗯！我會變強到配得上當你的徒弟……還有戀人的！」

莉絲湊過來在我臉上親了一下，展露微笑。

「嗯。只要這條命還在，我會一直守望你們成長。」

如今她找到自己想走的道路，想必會變得更強，繼續成長下去。

我期待著未來，於空中奔馳。

我們在遠離佛尼亞的森林附近降落，走回藏馬車的地方，在那邊等我們回來的姊弟倆，一看到莉絲就衝過來抱住她。

「莉絲！」

「莉絲姊！」

「哇噗!?」

被受過訓練的兩人用力抱住，莉絲看起來很難受，同時也因為他們的愛情而感到喜悅。

「我、我回來了。對不起，害你們那麼擔心，都是我害的……」

「不全是妳的錯，是因為大家力量不足。」

「是輸給那傢伙的我們不好，我都沒臉當大哥的弟子了……」

「……謝謝。跟你們說喔，我……要變強，要變強到再也不會輸給別人。」

莉絲的變化令姊弟倆愣了一瞬間，接著三人立刻相視而笑，互相擊掌。

至於最有罪惡感的阿修莉，她帶著泫然欲泣的表情握住莉絲的手。旁邊是阿曼達，頻頻低頭鞠躬，慶幸莉絲平安無事。

「莉絲小姐！幸好妳……幸好妳沒事。」

「真的很感謝妳那時救了我，非常抱歉……都是我害妳被捲進去。」

「不會，我們都沒事，所以請妳不要介意。妳果然是阿修莉認識的人。」

「是！多虧莉絲小姐出手相助，我才能與阿修莉重逢，真的很感謝妳。」

「別、別叫我小姐啦！阿曼達小姐年紀比我大，而且我只是個普通的冒險者。」

莉絲看起來很難為情，不過阿曼達確實是她救回來的，她大可不用那麼客氣，接受人家的謝意。

最後走過來的菲亞一句話也沒說，輕輕抱緊莉絲。

「……歡迎回來。別太讓人擔心了。」

儘管只有短短一句話，菲亞的心意想必傳達到了。

莉絲彷彿在跟莉菲爾公主相擁，閉上眼睛，任由她抱著自己。

等到北斗平安歸來，我們才開始吃稍晚的晚餐。

無意間多了一堆人，阿修莉擔心我們存糧不夠，艾米莉亞卻一副不用擔心的態度，將裝湯的盤子遞給她。

「這幾天可以去佛尼亞補充食材，所以別客氣，盡量吃。對不對？天狼星少爺。」

「艾米莉亞說得沒錯。明天會很忙，吃飽一點，好好休息。」

「我吃這樣就夠了。我跟各位不一樣，沒辦法幫上太多忙。」

「妳在說什麼？明天妳也要進城，有個重要的任務交給妳做。要是妳餓到動不了就糟了，多吃點。」

「咦!?」

本想吃完飯再說，如果阿修莉會因此不好意思吃太多，最好先解釋清楚。我請艾米莉亞幫阿修莉加湯，確認大家的注意力都放在我身上後，開口說道：

「首先，阿修莉，妳聽說潛伏在佛尼亞的信徒現況如何了吧？」

「是的！幸好大家都平安。」

「明天要跟那些信徒會合，準備好後一口氣殺進神殿。只要有這些東西，願意幫忙的信徒也會變多吧。」

我拿出潛入神殿時回收的違法證據，以及疑似被米拉教強制徵收的物品，放到阿修莉面前。

「這是……梅吉娜小姐被偷走的家寶！」

「看，這是格爾達先生夫人的遺物。他明明說不見了……」

兩人驚訝地檢查物品，似乎全是她們看過的。

我當初只是隨便選幾個疑似贓物的東西，能拿回擔任要職的信徒的所有物，實在幸運。

「天狼星先生，請問這到底是？」

「應該也有信徒是因為寶貝的東西被多魯加拿走，只好聽米拉教的話。所以要把這些直接拿給他們看，請他們加入。」

這本來就是阿修莉他們——米拉教的問題，我想盡量讓他們用自己的力量解決。

就算我們幫忙解決問題，阿修莉他們也不會因此成長。之後又發生類似的事件……他們就沒辦法自己處理了。

所以我當初決定幫忙時，就打算以暗地支援為主，例如像這樣安排好召集同伴的辦法，抓住多魯加的把柄告訴他們。

「有、有這些東西，確實會有更多人加入。不過，明天會不會太急了？」

「其實我想再觀察一下，但狀況有變。」

本來的流程是先召集同夥，拿多魯加的把柄削弱神殿的勢力再殺進去。

無奈弟子們不幸遇到聖騎士韋格，莉絲還被那傢伙抓走。

這等於在跟我們挑釁，於是我決定不再暗地活動，要認真協助阿修莉他們，擊潰多魯加那群人。

而且，那隻炎狼是信徒應付不來的存在。

「我想可能不太能期待大家幫忙。多魯加手下有聖騎士韋格在，不知道大家會不會害怕他，不肯協助阿修莉……」

「關於這點不成問題。明天那個偉大的聖騎士會出城。計畫提早也是因為這個原因。」

我剛才沒解決掉韋格，是不想讓多魯加他們提高戒心。

韋格自尊心那麼高，我不覺得他會跟多魯加報告自己連反擊的機會都沒有就被我打倒；從他連養父多魯加都嫌煩的態度看來，告訴其他人的可能性也很低。

看那樣子，他絕對會來找我復仇，越來越常擅自行動的韋格一大早就離開神殿，其他人照理說也不會起疑。

一如往常的日常，以及發生什麼事都有聖騎士在的大意心態。

趁隙跟阿修莉他們同時行動，攻下神殿，擒住多魯加……就是這樣。

聽完我的說明，弟子們贊同地點點頭，阿修莉和阿曼達則被湯嗆到，咳了好幾聲。八成是聽見我要跟韋格交戰，嚇了一跳。

「別擔心，我很擅長絆住人。我預計一個人跟他打，在事情辦完前，絕對不會放那傢伙回去，妳們大可放心。」

「我、我不是那個意思！和那個人戰鬥不可能不受傷的。萬一繼莉絲小姐之後，連天狼星先生都……」

「那個火焰是很厲害沒錯，不過他只是會亂用力量的小孩。只要做好準備，總有辦法應付。」

「可是！」

「阿修莉，我懂妳的心情，先冷靜下來……好嗎？」

阿修莉像在懇求般往我這邊靠過來，莉絲出面安撫她。

她因此稍微冷靜下來，卻還是無法同意我的計畫，用眼神拚命求我別這麼做。

「只要專注在拖延時間上，等攻下神殿再去跟大家會合就行。問題是那隻炎狼，不過我有……」

「嗷！」

我望向旁邊，北斗搖著尾巴叫了聲，彷彿在說「交給我吧」。

北斗似乎從炎狼身上感覺到與自己相近的氛圍，幹勁十足。

「如妳所見，我有可靠的戰友在。再說，妳有空擔心我嗎？成功揭發多魯加的罪行，不代表市民對米拉教的不信任感會就此消失喔？」

「……是。」

如今的米拉教中，應該也有被利益吸引來的墮落信徒。

之後得讓那些信徒醒悟過來，取回市民的信賴，要做的事堆得跟山一樣高。不如說奪回米拉教後反而會更累。

多魯加可能藏有聖騎士跟炎狼外的戰力，因此我決定除了我和北斗之外，其他人統統負責攻陷神殿。

「神殿裡有不少他違法的證據，只要逮到多魯加，之後一定有辦法制裁他。不要給對手集中戰力的機會，所有人一口氣壓制住多魯加跟神殿。」

「欸，大哥，也讓我跟那個叫聖騎士的傢伙打啦。他抓走莉絲姊，不揍他一頓我心情不會舒暢。」

當時雷烏斯光牽制炎狼就分身乏術，還被韋格輕鬆抓走莉絲。

我能理解他的不甘心，然而除了我和北斗，最稱得上戰力的就是雷烏斯。

「保護大家、開闢道路這個重責大任，只有你扛得住。而且不好意思，我想自己對付那傢伙。」

再加上……假如韋格真的是個無藥可救的男人，就需要徹底解決掉他。我想盡量避免弟子們看到這種畫面。

「是喔，那就交給大哥了。我會把只有我能做的事做好。」

「嗯，以你現在的能力，肯定沒問題。拜託囉。」

接獲重要的任務，雷烏斯乖乖點頭。

其他還有很多事要說明，但我忘了問最重要的事。

「阿修莉，作戰計畫都是我擅自決定的，妳們同意嗎？有意見儘管說，別客氣。」

「不，我們沒有任何意見。我缺乏這方面的經驗，不能亂說話打亂計畫。而且天狼星先生深受大家的崇拜，我相信絕對會有好結果。」

「我跟阿修莉一樣。再說，要是沒有各位的幫助，我早就不在這裡了。」

她們對我莫名信任。總之沒意見就好。

之後我們繼續討論詳情，等到計畫大致擬定好時，決定為明天養精蓄銳，先行休息。

大家圍著營火做自己的事，我拿出裝備檢查。

韋格雖然只會亂放火，但他的火焰強到一不小心就會造成致命傷，得仔細檢查才行。

我邊喝艾米莉亞泡的紅茶邊磨小刀，剛才在跟阿曼達聊天的阿修莉來到我面前，深深一鞠躬。

「天狼星先生，明明是我們的問題，你卻願意為我們做這麼多，真的非常感謝。雖然我現在什麼都做不到，我一定會報答你的。」

「什麼都還沒結束，現在道謝有點太快囉。而且，我們也有了戰鬥的理由。」

儘管事情是起於巴多姆私人的委託，既然我們已經插手，就不能置之不理。

簡單地說，我只是在報復的同時，順便幫忙拯救阿修莉他們——拯救米拉教。

「不用管我們沒關係，妳只需要思考該怎麼處置多魯加。妳不是為了拯救米拉教挺身而出的聖女嗎？」

「被米拉教趕出去的我，有資格自稱聖女嗎？」

「決定妳是聖女的是其他人。而且就算別人說妳不是聖女，以一名信徒的身分行動就好。」

「……遇到天狼星先生，聖女也會變得只是頭銜呢。」

「因為重要的並非頭銜，是本人的意思。事實上，妳身邊就有即使妳不是聖女也一樣喜歡妳的人吧？」

阿修莉回過頭，發現阿曼達溫柔地看著自己，點頭表示同意。

然而儘管有人願意支持她，阿修莉本身不但純真無邪，心智也尚未成熟，可能被能言善道的多魯加唬住。

她搞不好會控制不住情緒，做出無法挽回的行為，最好給她一點建議。

「阿修莉，妳聽好。明天妳一定會面臨各種難關，被迫做出抉擇。不過，別忘記自己的原點。」

「原點……嗎？」

「別忘記妳決定無論發生什麼事，都要保護米拉教的那份心意。我們的對手是敵人，妳的對手卻是妳自己。」

「……是！」

阿修莉精力十足地回答，但這是感情上的問題。不實際遇到那種事就不會懂，剩下得看她自己的造化了。

我在內心祈禱結果能皆大歡喜，撫摸蹭過來的北斗的頭。

「天狼星少爺……」

「抱歉，明天拜託大家了。」

「請放心。還有，差不多該輪到我了……」

「嗷嗚……」

「北斗先生已經被摸得夠久了吧？換我了！」

「那下一個就是我囉。」

「好好好，不要吵架。」

我跟平常一樣哄著愛撒嬌的兩人加一隻。夜色漸深。

《兩場戰鬥》

執行作戰的當天早上……我和北斗來到跟韋格指定的決鬥地點。

我在的地方是高低起伏劇烈的高地，地上布滿大小各異的石頭、看不見綠意的荒涼土地。適合拿來當不必顧慮周遭的戰鬥場所。

而且這裡離佛尼亞有將近一小時的路程，萬一神殿發生什麼事，從這裡也看不見，就算他發現了，也沒辦法立刻趕回去。

除了平常的裝備，我還穿著自製斗篷以抵禦他的火焰，坐在大小剛好的石頭上撫摸旁邊的北斗，一邊等待韋格。

「……好慢。差不多該到了吧。」

「嗷！」

憑我的「探查」跟北斗的感覺，知道韋格正在接近，但他走得很慢。

看來還得花一些時間，於是我拿出攜帶用的梳子，開始幫北斗梳毛。

「嗷嗚……」

「你果然喜歡梳這邊嗎？跟以前一樣……」

我邊幫北斗梳毛，邊想著弟子們也該開始行動了……突如其來的熱浪拂過臉頰。

「去死啊啊啊啊啊──！」

抬頭一看，巨大火球朝我落下。

其威力連岩石都能融化，足以在地上轟出一個大洞。被直接擊中的話，不只是我，連北斗都有危險。

「……真草率的偷襲。」

「嗷！」

明明是要偷襲，他卻毫不掩飾殺氣，導致這一擊一點意義都沒有。我早就知道他躲在石頭後面接近，想要偷偷做些什麼。

我冷靜地騎在北斗背上移動，從遠處仔細觀察火球的威力，從岩石後面走出來的韋格憤怒地瞪著我。

「嘖，混帳東西！」

『就跟你說沒用了。那個男人我不清楚，但那邊那隻可是與我相近的存在喔？』

韋格旁邊是無奈的炎狼。

從炎狼身體噴出的火焰十分旺盛，身體變得比北斗大兩圈，可能是已經借來火精靈的力量了。

北斗警戒著低吼，我故意嘆了口氣給他看，望向韋格。

「剛剛那招是想報復我之前偷襲你嗎？是的話，這做法不適合你，勸你別再這樣做了。」

「閉嘴！你這靠偷襲取勝的傢伙！」

「是你自己漏洞百出，還是說你希望我昨天就殺了你？」

「說什麼鬼話！」

我開的玩笑使韋格勃然大怒，製造出無數火球射過來，我跳到附近的岩石後面躲避。

比起質更重視量的火球，似乎無法破壞岩石，但這波攻擊源源不絕，我不能隨便探出頭。

在我計算角度，準備用「麥格農」的跳彈攻擊韋格時……腳邊出現一大片影子。我立刻抬頭，是炎狼的爪子正朝我揮下。

『哼，趕快處理完——』

「嗷！」

北斗迅速衝出來，幫我擋住炎狼的爪子。那股衝擊將雙方彈飛，北斗與炎狼落在離我有段距離的地方。

北斗飛出去時似乎用爪子擊中了炎狼，牠的身體裂開一道大傷口，可惜火焰果然立刻噴出，使身體復原。

至於北斗，前腳的毛有點燒焦。看來是被炎狼全身的火焰餘波燒到了。

北斗的毛堅韌又耐熱，可見炎狼的火有多強大。

『呵呵……挺厲害的嘛，該說不愧是百狼嗎？』

「吼嚕嚕嚕……」

不僅能靠火精靈增強力量、立即再生，還不能太過接近。實在很棘手。

對遠距離攻擊手段不多的北斗而言，相性非常差，不過……

「……沒問題吧？」

「嗷！」

「……知道了。拜託囉，北斗。」

我命令牠負責那隻炎狼。

當然也可以跟我一起戰鬥，可是我們沒辦法像莉絲那樣用水防禦，萬一對手同時對我們使用廣範圍攻擊就麻煩了。而且他們被對方的火焰傷到的可能性極低，最好分開來戰鬥。

更重要的是，北斗自己想這麼做。我想尊重牠的意見。

『哦，你要憑一己之力打倒我嗎？』

「嗷！」

接獲我命令的北斗高高一躍，跳到高臺上俯視炎狼，吼了一聲。

我猜是在挑釁牠。受到挑釁的炎狼愉悅地笑了，身上的火焰燒得更旺。

『行。那低級的挑釁，我就接受了。喂，我去對付那傢伙！』

「隨你便！我的目標是那個男人！」

『哼，別又讓我看到你被幹掉的狼狽樣喔？』

「閉嘴！正面迎戰的話，沒人贏得過我的火焰。」

『這可不一定。』

炎狼損了韋格一句，跟著跳上高臺，北斗便轉身跑走。

這時韋格好像也發現小火球對我沒用了，停止攻擊，像要挑釁般大吼道：

「給我滾出來！偷襲我的時候不是很踐嗎？」

「沒辦法，這樣你滿意了嗎？」

我從被火燻黑的岩石後走出來，韋格不知何時跳到高臺上，低頭看著我。

照理說，他已經召喚了大量的火焰，卻不見疲態。恐怕是因為周遭的火精靈多，他幾乎不會消耗魔力。

莉絲到水精靈多的湖邊時也一樣，用多少魔法都一副沒事的樣子。精靈魔法的特徵就是強大歸強大，精靈數量及地形等因素，會轉變成本人的負擔。

「我不會輕易讓你死。我要用火烤遍你的全身，把你折磨到死！」

「多厲害的火焰，無法操控自如就沒有意義。我會讓你親身體驗這一點。」

我對他招招手，表現出自己的從容不迫，繼續挑釁韋格。

目的除了惹他生氣，害他露出空隙和心生大意之外，最重要的理由是逼他使出全力。

因為這種類型的人，不在使出全力的狀態下打倒他，徹底粉碎他的自信，他就不會明白。

韋格似乎看不爽我高高在上的態度，深吸一口氣，吶喊道：

「你們給我擋住他的退路！」

下一刻，四周的地面噴出烈火，開始以我為中心集中。

火焰停留在離我一定距離的地方，將我困在火焰龍捲中央。

「然後……用這招收尾！」

接著韋格製造出比火焰龍捲更大的火球，讓火球移動到我頭上，停止動作。

火焰龍捲只是要封住我的行動，頭上的火球才是重點嗎？

「嘿，怎麼啦？逃得了就試試看啊！」

「看來你稍微會動點腦子。不愧是被有能力侵占米拉教的人養大的小孩。」

「管你逃去哪裡，一樣要被我的火燒死。不過呢，如果你跪下來哭著求我饒命，本大爺也不是不能原諒你喔？」

以他的個性，就算我哭著道歉，他也不會原諒。

無論如何，我壓根沒打算道歉，因此我掀起斗篷，壓低身體凝聚魔力。

「哈！算你有種。那我就如你所願……燒了你！」

韋格揮下手的同時，連火焰龍捲都吞得掉的巨大火球朝我落下。

——北斗——

在荒野上奔馳，尋找合適的戰場的北斗，不斷思考。

方才為了拯救主人天狼星，與炎狼衝突的瞬間，北斗得知這隻炎狼明顯變得比昨天更強。

昨天認真起來就甩得掉的炎狼，現在卻不慌不忙跟在後頭。

北斗判斷對方的等級比自己高，持續奔跑，摸索勝利的道路。

『你要逃到哪裡！該放棄逃跑，跟我戰鬥了吧！』

北斗往旁邊跳開，閃掉炎狼從後方射出的火球，覺得離主人夠遠了，在落地的同時轉過身。

炎狼見狀也跟著停下，兩隻狼拉開距離對峙著。

『終於有幹勁了嗎？昨天被你逃掉了，這次我絕對不會放過你。』

炎狼的身體彷彿在反映牠的情緒，噴出烈焰，應該是因為被北斗逃掉，牠真的很不甘心吧。

『沒想到會在這種地方，遇到跟人類共同行動的百狼。』

「嗷！」

『嗯……你說你叫北斗？還有你……難道連話都不會講？』

北斗姑且報上名字，盡到該盡的禮數，可是炎狼不僅無視牠，還張大嘴巴笑出來。

『哈哈哈！太好笑了！堂堂的百狼被低俗的人類取名字？而且不會說話……看來你還跟小孩一樣。』

「嗷……嗷！」

北斗憤怒地叫炎狼不准嘲笑主人賜給牠的名字，炎狼笑了一陣子後，對牠投以好奇的目光。

『仔細一看，你比我遇過的百狼小好幾圈，也感覺不到那種絕望的戰力差。想讓我拿出全力說不定還不夠格。』

「嗷！」

『吵死了，叫我報上名字幹麼，我沒墮落到會讓人類為我取名。我是炎狼……僅此而已。』

「嗷……嗷！」

北斗叫了聲，反駁牠沒資格說別人，炎狼吐出火粉，一副「講這什麼話」的態度。

『哼，我並沒有聽命於人類。那傢伙在人類中屬於相當愚蠢的存在，唯有精靈的力量非常有吸引力。』

炎狼如牠的名字所示，是能操縱火焰的狼型魔物，卻不能向火精靈借來力量。現在是因為韋格命令火精靈借炎狼力量，牠才能發揮如此強大的能力。

『我只是在利用那個愚蠢的人類。只要火精靈借我力量，要做到這種事也是易如反掌！』

炎狼身上的火焰膨脹，上空出現無數火球，同時襲向北斗。其數量簡直可以稱之為火雨，然而牠已經習慣主人使用的槍魔法，火球的速度根本不夠快。

北斗踩著小碎步躲開，用前腳及尾巴拍掉會打中自己的火球，以最小幅度的動作持續閃避。

牠在彈幕縫隙間穿梭，用尾巴破壞附近的岩石，試圖用碎石塊反擊，卻被炎狼噴出的火焰全數擊落。

只有一個巨大的石塊穿過火焰，在炎狼腳上開出一個洞，可惜還是馬上就冒出火焰再生了。

『白費功夫！只要有精靈的力量，我的身體就是不滅的！』

「嗷！」

北斗表示「是不是白費功夫由我決定」，再度擊碎岩石，自己也同時衝出去。

『只會重蹈覆轍嗎！果然是小孩——唔!?』

炎狼放出足以把碎石塊燒成灰燼的火焰，北斗在火焰命中前跳向旁邊，踢了一下，繞到炎狼的側面。

速度快到幾乎是瞬間移動的北斗，沒有停下腳步，直接揮爪砍斷炎狼的脖子。

「嗷！」

儘管前腳的毛因為炎狼身上的火焰而燒焦，北斗仍然沒有停止攻擊。

牠擊中炎狼後直接撲向前方，接著立刻以前腳為軸心轉身，用注入魔力的尾巴橫掃，把炎狼的身體撕得更碎。

將炎狼分割成好幾塊的北斗，暫時拉開距離，炎狼又若無其事地再生了。

『雖說是小孩，竟然對我的火焰毫不畏懼，不愧是百狼。但你的攻擊對我沒用。讓我看看你能持續到什麼地步吧。』

「……嗷！」

『……哦，你注意到了嗎？』

昨晚，北斗與天狼星共享了炎狼的情報。

炎狼的身體是由火焰構成，無論開了幾個洞、分裂成幾塊，用自身的魔力讓火焰活性化即可再生。

也就是說，炎狼耗盡魔力就不能再製造出火焰，可以打倒牠，然而在韋格的命令下，現在這隻炎狼有火精靈借牠力量。

有了火精靈的輔助，炎狼再生時幾乎不會消耗魔力。數量無限的精靈不可能有用盡的那一天，某種意義上來說，以無敵稱之並不奇怪。

不過……只要牠是生物，就一定有弱點。

會使用「探查」這個獨創探查魔法的天狼星，以及魔力感覺敏銳的北斗，找出了炎狼的弱點。

『沒錯。瞄準我的核是正確的。可是……那又怎麼樣？』

「……嗷。」

『你覺得我的核在哪裡？頭部？胸部？不對，你連它的位置是否固定都不知道吧？』

可惜……就算知道炎狼體內有疑似核心的魔力塊，那東西可以在體內自由移動。剛才的連續攻擊也是以核為目標，炎狼的感覺卻很敏銳，一下就會移動核心躲開。

換成天狼星，他八成會連續射出「麥格農」，引誘炎狼把核移動到指定位置，用跳彈將其射穿。

『看來你的攻擊沒多少花樣。沒辦法，畢竟你是還沒進化的小孩。』

「嗷？」

北斗不明白進化一詞的意思，歪過頭，炎狼傻眼地嘆了口氣。

牠覺得自己身上還隱藏著什麼祕密，可是現在的牠沒時間想那麼多。

『我想想……提高一點難度好了。不曉得會是你先耗盡力氣……還是我的核先被擊中？』

從火精靈身上得到更多力量的炎狼，身體噴出更大團的火焰，體型明顯變得更加巨大。

炎狼的大小已經膨脹到北斗的兩倍以上，散發出若是人類，連呼吸都有困難的熱浪。繼續打近身戰的話，即使是百狼，也會受到不只是燙傷的致命傷。

一般來說，肯定會因為恐懼而卻步……

「……嗷！」

『哦，有種。放馬過來。』

北斗過去卻一直在和更恐怖的存在……主人的師父訓練。

跟師父比起來，面前的炎狼不算什麼，而且在遇到天狼星前，牠和體型比自己大的對手戰鬥過好幾次。

北斗大膽上前，不斷朝炎狼揮下爪子。

避開無數的火焰，毫不顧慮自己燒焦的身體，砍斷炎狼的腳……再生了。

在千鈞一髮之際躲掉從腳邊噴出的火柱，衝出去用尾巴斬裂炎狼的身體……再生了。

『怎麼了？動作開始變慢囉！』

「嗷！」

身上到處都有燒焦的部分，美麗的白毛不停染黑，北斗卻沒有停下。

主人是因為相信牠才派牠出去。

牠不想背叛主人的信賴，而且牠認為，今後也想繼續與主人同行的話，就算是等級比自己高的對手也必須打倒，否則沒有資格。

北斗絕對不會倚仗著天生的力量不求進步，因為牠明白，世上有無數比自己更強的存在。

『那麼，這招你要怎麼躲？』

這次炎狼使出廣範圍的火牆，北斗高高跳到空中閃開。

數不清的火球射向空中的北斗，牠揮下爪子，斬裂火球後降落在地上。

『你挺纏人的。不過，我慢慢發現你的弱點了。』

「吼嚕嚕嚕……」

『再陪你玩幾下也是可以，但我有點好奇另一邊的戰況。該結束了吧。』

炎狼應該是發現只顧著閃躲，沒有防禦手段的北斗，不擅長應付廣範圍攻擊了。準備給牠最後一擊的炎狼，將跟火精靈借來的力量提升到極限，身體繼續膨脹。變大到需要抬頭才能看清全貌的炎狼，身體已經不是狼型，變成巨大的火牆。

『這個大小，你的爪子和尾巴都毫無用武之地！被我的火焰燒成灰燼吧！』

化為炎狼的炎狼灼燒著地面逼近，企圖吞噬北斗。

面對一旦被吞進去，肯定會喪命的火焰，北斗牠……

「……嗷！」

彷彿在等待這一刻般……大吼一聲，用力往後跳。

本以為牠要直接逃跑，北斗卻在拉開距離後重新擺好架式，炎狼一面覺得奇怪，一面不慌不忙地維持火牆接近。

『逃到哪都沒用！我的火焰會追你追到天涯海角！』

然而……炎狼誤會了。

北斗後退不是為了逃跑，而是要使出渾身的一擊。

「嗷嗚嗚嗚嗚嗚嗚嗚嗚嗚嗚嗚嗚嗚嗚──────！」

這個瞬間……從北斗口中發出的，是撼動大地的咆哮，以及蘊藏在體內的大量魔力。

牠只是邊吼邊釋放魔力罷了，從北斗口中放出的大量魔力，卻因為咆哮而劇烈扭曲，化為巨大漩渦襲向炎狼。

震碎地面、粉碎岩石，將北斗前方的存在盡數吞沒的破壞漩渦，身體變大的炎狼自然不可能閃得掉，只得防禦。

『這、這種程度的攻擊算什麼！』

若炎狼處於狼型狀態，說不定能用火焰包覆住核，防禦北斗的攻擊。

不過，炎狼現在將身體膨脹到跟牆壁一樣大，想用自己的身體吞沒北斗，導致火焰無法集中到核心，在防禦不足的狀態下被破壞漩渦命中。

全是因為牠太過大意，覺得精靈的力量無所不能，誤判了北斗本身，而非百狼的力量。

『啊……嘎啊啊啊啊啊啊啊啊啊啊啊啊——!?』

劇烈的魔力波動將牠四分五裂，炎狼的身體像被一點點削下來般，越變越小。

基於魔力的特性，破壞漩渦維持了數百公尺就煙消雲散，被波及到的地方產生劇烈的地形變化。

連牢牢扎根於地面的樹木、高高聳立的岩石都全被轟飛，北斗面前只剩下岩石碎片及小石塊，破壞的痕跡深深烙印在大地上。

在這之中，唯一倖存下來的存在呻吟著。

『怎……怎麼……可能……』

是變得比人還小的炎狼。

炎狼勉強剩下一口氣，卻只剩下一小團火焰，連維持狼型都有困難。

照理說，牠可以靠精靈的力量迅速再生，不知為何卻沒有恢復的跡象。

『嗚……為、為什麼！為什麼……精靈不借我力量!?』

看不見精靈的北斗跟炎狼自然不會知道，現在炎狼身邊一隻火精靈都沒有。

原因是北斗的攻擊把精靈吹走了，這附近變成一塊空白地區。

過一段時間，精靈當然會回來。

可是，炎狼不知道精靈是善變的存在。

『那傢伙……怎麼了嗎？』

甚至誤以為對精靈下指示的韋格出了什麼意外。

事實上只是因為精靈不高興被吹走，不想借牠力量……就這麼簡單。

換成跟精靈建立信賴關係的莉絲與菲亞，精靈說不定會願意再幫一次忙，不過只把精靈當成道具的韋格的命令，似乎無法繼續控制他們了。

跟小孩子一樣善變，遵循本能行動……這就是精靈的特徵。

『真可惜……得去跟那傢伙會合……』

炎狼受到重創，光憑自己的力量，大概得花半天才能恢復成原本的狀態。

牠判斷不能再顧面子了，用不到兩成的速度開始逃跑，至於北斗……

「……嗷嗚。」

北斗也付出了代價，身心俱疲，沒有力氣行動。

只要吸收大氣中的魔力休息一下，應該就跑得動了，但牠不能放過這個大好機會。

北斗忍受著自全身上下傳來的疼痛及疲憊感，追向炎狼。

——天狼星——

韋格射出的巨大火球自上空落下，瞄準被從地面噴出的火牆困住的我。

那顆火球……跟偷襲時用的火炎一樣，直接命中的話，八成會受到致命傷。不過考慮到這傢伙的個性跟對我的怨恨，他會使出這種一擊殺敵的招式嗎？

仔細一看，火球的速度很慢，四周的火牆火力也沒強到不能強行突破，恐怕是要……

「只是想把我逼出來嗎？性格真惡劣。」

周圍薄薄一層的火焰，以及上空巨大的火球……在逃不掉的狀況下，要選擇哪一邊顯而易見。

他想讓我從四周的火焰穿過去，讓我燙傷後再慢慢折磨我。

「就順了你的意。」

我喃喃自語，衝向火牆，與此同時，火球墜落在我剛才站的地方，轟出一個大洞。

我悠哉地站在不遠處旁觀，前一秒還在笑的韋格，臉瞬間垮了下來。

「……你這傢伙動了什麼手腳？」

「有問題嗎？」

「搞什麼鬼！為什麼你穿過那道牆卻沒事⁉」

雖說火力沒有強到哪裡去，正面突破火牆不可能毫髮無傷。

然而現在的我別說燙傷，連身上的斗篷都沒燒焦。

「你覺得我會乖乖回答？不要只會問人，學著自己思考看看好嗎？」

「就是這個從容不迫的態度讓人不爽！」

韋格製造出火力更強的火牆，直接衝過去肯定會燒成灰。

這樣的話，只能從上方逃走，可是噴向空中的火焰在途中轉向，往我所在的中心降下。

操縱火焰的技術雖然不錯，跟莉絲和菲亞比起來，他下的功夫還不夠。

只有威力無話可說，因此我再度衝出火牆，逃到攻擊範圍外，跟剛才一樣，我和斗篷都沒受到傷害。

「怎麼會這樣!?我的火焰不可能有辦法徹底防住！」

「都知道你用火焰戰鬥了，你覺得我會不擬定對策嗎？」

「那就直接燒了你！」

韋格舉起手，在空中製造出近五十顆火球，像機關槍似的連續射出。

每一發的威力也有所提升，這次躲在岩石後面不曉得擋不擋得住，因此……

「……上吧。」

我決定正面突破。

跟對手的距離約數百公尺……他又站在高臺上，從正面接近感覺得花不少力氣。

可是……偶爾得練習一下，找回以前的感覺。

我發動「增幅」，衝向火球。

「哈！這樣就結束──什麼!?」

大量的火球迎面襲來，然而跟戰場上的槍林彈雨比起來，等級差太多了。火球的速度比子彈慢，我現在又用魔法強化過，就算他的火球多得跟雨水一樣也不成問題。

我看穿火球的彈道，靠步法及扭動身軀閃避，逐漸接進。

其中也有怎麼樣都閃不掉的火球，我便用「衝擊」迎擊，不斷向前。

「混帳東西！」

平安穿過火球雨後，這次換成地面噴出巨大火焰，化為火牆擋住我的去路。

我沒有減速，持續奔跑，在撞到火牆前，往擋在身前的斗篷裡注入魔力。

「發動！」

同時發動畫在斗篷上的「衝擊」魔法陣，衝擊波以我為中心朝全方位擴散，不只火牆，連灼燒肌膚的熱氣都吹散了。

雖然馬上又有新的火焰噴出來，我已經在這段期間突破火牆。

「什麼!?」

「你看見啦。」

沒錯，多虧我做的這件斗篷，才能毫髮無傷突破火牆。

棲息在艾琉席恩的蛋糕中毒者——羅德威爾持有的特殊斗篷，可以靠注入魔力在身周引起旋風，連「麥格農」的彈道都會因此偏移。

把風換成「衝擊」就是這件斗篷。

這件斗篷是我模仿上輩子的坦克搭載的爆炸反應裝甲做成的，缺點是會消耗許多魔力。

因此只有我能使用，我想對韋格這種對手會派得上用場，就準備了這東西。

「如你所見，這種程度的火對我沒用。你只有這點實力嗎？」

為了累積跟會用精靈魔法的人交手的經驗，我想和拿出全力的韋格打。

我對精靈不怎麼瞭解，考慮到未來萬一精靈失控，得靠蠻力阻止莉絲跟菲亞……我想先拿這男人練習。

聽見我的挑釁，韋格咬緊牙關瞪過來，凝聚魔力，大大展開雙臂。

「喔……行啊，我再也不管什麼要讓你後悔了。如你所願，我要盡全力殺了你！」

這次他射出近兩百顆火球，我要做的事並沒有改變。

藉由並列思考看穿彈道，以最小的動作閃避，用「衝擊」將其擊落，如此反覆。

除此之外，還有數不清的火球從全方位襲來，彷彿要堵住我的退路，我用斗篷的能力將它們一同轟飛。

「若你以為增加數量就能贏，大錯特錯。」

我認為他該讓攻擊更有變化一些，但他一直以來都不用這麼費工就能打倒敵人，所以也不能怪他。簡單地說就是沒跟真正的強者交過手。

「到底是怎樣!?為什麼打不中！」

我衝到高臺正下方——韋格的視線死角，火球便突然停止攻擊。

換成莉絲或菲亞，八成會拜託精靈感應，藉此瞄準對手，韋格卻只會靠雙眼戰鬥的樣子。說不定是因為自尊心高，不想拜託精靈。

看不見我的韋格嘖了一聲，手掌冒出更強力的火球。

「有種給我滾出來！看我用這傢伙殺了你！」

應該是打算瞄準我衝出來的瞬間，直接攻擊我。

韋格維持著火球警戒四周，我如他所願爬上高臺，從他面前跳出來。

「那種動了手腳的斗篷，防得住這招嗎！」

「確實有難度，不過……」

他對身在空中、破綻百出的我扔出火球，我用「空中踏臺」跳向旁邊閃開。

韋格被在空中跳躍的我嚇了一跳，我趁機又製造出一個踏臺，用三角跳躍的方式一口氣接近……

「你扔得不夠準。『衝擊』。」

「呃啊!?」

我把手貼在韋格的肚子上，用零距離的「衝擊」轟飛他。要是我使出全力，他的肚子會直接被轟爆，所以我將力道控制在頂多被用力揍了一拳的程度。

然而……飛出高臺、從這麼高的地方墜落的韋格，卻沒有要準備著地的跡象。

看來他因為肚子痛，無法理解自己的處境。

「沒辦法。」

太過依賴精靈，導致他不僅不習慣疼痛，也沒怎麼鍛鍊身體。

我拉住轟飛韋格時順便勾住他的「魔力線」，減緩他降落的速度後才把他扔出去。

即使如此，他的身體還是受到一定程度的衝擊，不過看他有力氣倒在地上呻吟，應該沒什麼大礙。

我下到地上，走到蜷起身體嘔吐的韋格前面。

「稍微理解自己的實力了嗎？就算會用精靈魔法，你終究是血肉之軀的人類。」

「可惡……搞屁啊。」

他痛得面容扭曲，發現我靠近他，對我射出火球。可惜集中力不夠的火球一點威力都沒有，我拔出劍，輕而易舉將它砍成兩半。

然後甩掉劍上的火焰，收劍入鞘，像在教育他似的說道：

「就是因為你活在狹隘的世界中，只會依靠精靈魔法，才會變成這樣。」

「少擺出一副高高在上的態度！」

「你現在狼狽地蹲在地上，擺出高高在上的態度有什麼錯？」

「我還沒輸！」

韋格都痛成那樣了，還深吸一口氣揮下手臂，接著火焰便從我腳邊噴出，我向後方跳躍，閃了開來。

等我發現那是為了讓我遠離他的攻擊時，韋格已經釋放強大的魔力，不祥的預感竄遍全身。

「給我盡情大鬧一場！火啊，燒盡一切吧！」

不出所料，他使出將弟子們逼入絕境的廣範圍攻擊。除了韋格外，這一帶統統被火焰包圍住。

斗篷釋放的衝擊波範圍並沒有多大，在無法一口氣逃到燃燒範圍外的情況下，派不上多大的用場。

莉絲應該會用水包覆身體防禦，我的無屬性魔法卻沒有防禦手段。

沒有的話……採用其他方法即可。

「可惜，我已經看過那個魔法。」

我在韋格釋放魔力前，迅速將刻著「土工」魔法陣的魔石扔到地上，用土做成巨蛋型防壁。

「少做無謂的掙扎了！」

看到我躲在防壁裡，韋格大聲怒吼，對防壁射出無數顆火球。這道防壁不愧是用稀有的魔石做的，相當堅固，但也有些部分開始剝落，可能撐不了太久。

希望它至少撐到周圍的火焰變小，可是在韋格的猛攻下，感覺有點困難。

「呼……呼……活該！」

剛才受的傷再加上長時間全力使用魔法，就算是韋格也開始累了。

這時附近的火終於熄滅，火球也消失得無影無蹤。看到防壁被轟出一個大洞，韋格發出傳遍四周的笑聲。

「哈……哈哈哈！果然！果然沒錯！我比較強！碰到我的火焰，什麼都──」

「這麼快就覺得自己贏了嗎？」

我從背後伸出「魔力線」纏住韋格的腳，準備跟昨天一樣注入魔力。

「!?燒了它！」

韋格卻迅速在腳邊召喚火焰，燒斷我的「魔力線」。

反射神經倒是不錯……

「誰會中同一招啊！」

「你以為一擊就結束了？」

「……什麼？」

韋格燒斷「魔力線」，鬆了一口氣，我用小刀……砍斷他的左手。

他看著飛到空中的左手，一臉不可置信的模樣，我抓住他的領口，將他扔飛出去。

然後低頭看著左手血流不止，倒在地上慘叫的韋格。

「防住一次攻擊就掉以輕心，下場就是這樣。你該多學習一下戰鬥的知識。」

「啊……啊啊啊啊啊啊!?我的……我的手!為、為什麼!?為什麼……你還活著!」

「都知道防壁會被破壞了，怎麼可能一直待著?」

躲在裡面的期間，我用魔法陣做了地下通道，經由那裡移動到攻擊範圍外。

等附近的火熄滅，韋格確信自己獲得勝利，放聲大笑的期間，偷偷從背後接近他。

「那麼，你明白精靈魔法並非無所不能了嗎?」

「可惡……可惡……怎麼可能。我的……我的火焰……不會輸給任何人!」

這樣還不認輸嗎……

嚴重到這個地步，搞不好不是因為自尊心，而是過去的經歷使然。

話雖如此，放任他繼續用會害莉絲難過的方法操控精靈也不好，因此我準備再給他一拳，讓他徹底屈服，卻感覺到背後的殺氣，回頭一看……

「休想傷害聖騎士!」

遇見阿修莉時看過的裝備全身鎧、疑似近衛的男子，對我揮下手中的劍。

我用小刀擋下攻擊，抓住對方的手臂繞到他背後，想把他壓制在地；上空卻降下大量的火球及石塊，我用力跳到旁邊閃開。

來不及逃掉的男子成了火球及石塊的犧牲者，我毫不在意，用「探查」確認，發現有一群人正慢慢包圍我。

剛才我的注意力都放在避開韋格的攻擊上，有點疏於偵測廣範圍內的敵人。

我嘆了口氣，默默反省，戴著面具、身穿法袍的信徒走向倒在地上的韋格。怎麼看都是援軍，韋格臉上卻看不出一絲喜悅，反而憤怒地瞪著他。

「你們幾個……為什麼在這裡？」

「是多魯加大人的命令。今天早上您外出後，多魯加大人說您最近太愛擅自行動，命我們盯著您……」

「開什麼玩笑！你們給我回去保護那傢伙！」

「您現在這個狀態，我們不能離開。雖然我們才剛到……沒想到您會輸得這麼慘。」

「我沒有輸！只是因為那傢伙的斗篷陷入苦戰而已！」

從他們的對話判斷，這群人是多魯加的專屬近衛吧？

那名男子散發出的氛圍……是活在地下社會的人，證明多魯加明白這類人才的必要性。

「可是，您被逼入絕境是事實。無論您怎麼說，我們都會幫助您。」

「就跟你說我自己——嗚啊啊啊啊！」

戴面具的信徒講完這句話，用火灼燒韋格被我砍斷的手臂斷面。

起內訌……不可能。是要藉此止血嗎？

「嗚……啊啊……你、你搞什麼……」

「您忘記了嗎？水魔法對您沒什麼治療效果。現在沒時間慢慢為您治療，我才採用如此強硬的方式。請您原諒。」

「混帳東西……為什麼……我要……」

「我能理解您的憤怒，不過請您將怒氣發洩在對手身上。我們會為您拖延時間。」

行動毫不猶豫，代表他們做那一行的經驗豐富。

這樣的老手看到韋格的狀態還敢跟我打，想必有一定的勝算。本來預計如果韋格的態度夠好，可以只給他一點激烈的處罰就了事，看來有必要切換一下狀態。

我將腦內的開關切換成戰鬥用，拔出小刀，跟韋格說完話的面具信徒上前一步，對我行禮。

「讓您久等了。之後由我們來當您的對手。」

「我姑且問一下，你跟那個小鬼頭不一樣，不可能不知道我的實力吧？」

「是的……我很清楚。我知道您不僅跟我們是同類，還擁有出類拔萃的能力。」

「這樣你們還要跟我打？」

「因為這是工作。而且，我們也不能只是被您壓著打。」

面具信徒兩手握住小刀，與此同時，站在高臺上的信徒跟著發動魔法。

根據剛才用的「探查」的反應，包圍我的共有十二人。

以監視來說人數多得異常，不過對於韋格這種烈馬，或許就是要這麼多人才制得住。

其中一人死在同伴的魔法下，剩下疑似首領的面具信徒、出現在周圍的鎧甲男六人，以及從高臺上用魔法支援的四人嗎？

「一口氣解決掉他！」

「「是！」」

各式各樣的魔法從空中降下，但他們的魔法比不上韋格，不費吹灰之力就躲得掉。

我從容不迫地閃避，三名信徒手拿著武器，趁魔法停止施放時衝過來。

配合魔法的使用時機拉近距離，雙方合作無間，可惜還太嫩了。

我沒有等他們攻來，而是衝向三人中手拿長槍的男子，用劍擋掉長槍，一個轉身繞到對手背後……

「什麼……嗚啊！？」

「……先一個。」

用小刀刺向延髓。

然後將一命嗚呼的男子撞向朝我逼近的另外兩人，對手的姿勢便亂掉了，動作停頓了一瞬間。

我趁機衝過他們身旁，用小刀割破頸部，兩名男子應聲倒地，脖子流出鮮血。

「……這樣就三個了。」

儘管如此，這群人仍未停止行動，再度使用魔法想取我性命，我跳到空中迴避，同時扭動身軀，扔出兩把小刀。

小刀射中在遠方使用魔法的信徒的額頭，他射出的魔法整個偏掉，消失不見。

「五個……」

「厲害。不過還沒結束！」

面具信徒在我落地的同時從背後用小刀攻擊，我立刻拔劍擋住，轉身拿小刀砍斷他一隻手。

其實我大可一擊解決掉他，但我有問題想問這傢伙，得留他一命。

假面信徒的目標，是我的斗篷。

他犧牲一隻手，抓住我的斗篷瞬間念完咒文，用火魔法燒了它。

速度太快，我來不及啟動魔法陣，火焰就擴散開來。這東西不能用了。

我迅速踢飛面具信徒，跟他拉開距離，脫掉燒起來的斗篷扔出去……下一刻，我發現自己被無數顆火球包圍住。

「沒有斗篷……看你怎麼躲！」

原來如此，真正的目的是這個嗎？

韋格消耗掉了不少魔力，火球的數量連三十都不到，不過從全方位襲來的話，實在不可能躲得掉。

他沒有等我反應過來，揮下手同時射出所有火球。

「這次真的要殺了你！」

「探查」展開。

數量……前方十八，側面十一，後方二十。

角度、位置、誤差……修正。

開始以「霰彈槍」迎擊。

「喝！」

我立刻偵測完情報，一面旋轉一面用雙手射出魔力霰彈，將火球全數擊落。

渾身一擊被我輕鬆破解，不只韋格，連面具信徒都愣住了。

「什……麼？」

「沒想到這麼誇張……」

「這點程度，多練習就學得會。」

也是因為火球數量減少，我的身體也進入狀態了才有辦法做到。

看我悠閒地站在原地，他們似乎會覺得害怕，卻又不打算逃。

「別怕！用了那麼多魔法，那傢伙的魔力應該也快消耗完了。」

「聖騎士大人，我們會再製造一次機會。這次要成功啊。」

「唔……！」

先不論韋格，其他人照理說不會不明白我們之間的實力差距，還是堅持不撤退。看起來只是有勇無謀，但發生在從事地下行業的人身上就不一樣了。

沒有勝算也要完成自己的任務……即所謂的敬業精神。

那麼我也該拿出敬意，不要猶豫。

「我到前面——呃啊!?」

站上前負責當肉盾的信徒，頭部被我的「麥格農」轟得粉碎。

「這樣就第六個……下一個是——」

手指一指就能奪去人命的魔法，令眾人倒抽一口氣，只有韋格反應特別大。

親眼看到有人死在面前，使他終於明白現在的狀況，不希望自己也變成那樣，下意識退後一步。這一步成了促使他行動的契機……

「啊……啊啊啊啊啊!?」

他慘叫著落荒而逃，頭都不回。

我不打算讓他逃掉，所以準備追上去，假面信徒卻用剩下那隻手拿著小刀，擋在我面前。

「賭命保護他人的精神是很值得欽佩沒錯，但那男人有這個價值嗎？」

「與價值無關……我只是在完成自己的任務。」

以完成任務為優先，性命則是次要的——這大概就是他受過的教育。已經做好覺悟赴死的對手，做出什麼事都不奇怪，我看最好之後再去追韋格。幸好那傢伙跑不快。

「看來你說的任務是保護韋格。不好意思，你們放棄吧。」

「那就沒辦法了。只能用我們的命多爭取一些時間。」

把自己當成消耗品的人，我上輩子常常看到。

同情歸同情，我也不能讓步。既然他們要擋路，只得將其排除。

「神殿那邊好像也有幾個像你們這樣的人。想爭取時間的話，要不要回答一下我的問題？」

「…………」

我不抱期待地問，果然不可能乖乖招供嗎？

可是，從韋格的反應判斷，這邊應該派了不少人來，因此多少可以推測一下。

「我想想……我不覺得那傢伙會讓自己那邊人手不足，留在神殿的十個人差不多吧？」

「無可奉告。」

兩邊的人數加起來，精銳部隊應該有二十人左右。

以世界規模來看，佛尼亞屬於中規模城鎮，這個數量也夠了。聽見我的推測，面具信徒的身體有點緊繃起來。

「嗯，看來被我說中了。就算你用面具遮住臉，我也感覺得到你在緊張。」

「……您究竟是什麼人？」

「只是個帶著弟子旅行的冒險者。」

我擺好架式，暗示話就說到這邊，那群人也拿著武器再度發動攻擊。

我用小刀擋掉他們的劍，在閃躲長槍的同時抓住槍柄一拉，砍斷對手的喉嚨。

高臺上的兩名信徒用魔法攻擊，我拿剛解決掉的信徒當盾牌防禦，連射「麥格農」，射穿他們的頭部。

至於剩下兩人……面具信徒與裝備鎧甲的信徒猛衝而來，我感覺到一股異樣感，立即發動「探查」。

帶著必死的決心逼近的兩人，腹部傳來神祕的強大魔力反應……這個瞬間，我發現一件事。

「自爆嗎!?」

他們似乎打算在我面前自爆，帶我一起上路。

這個世界沒有炸彈這種東西，不過有發動後會點火引發爆炸的魔法陣，這兩個人的腹部，八成就刻著那種魔法陣。

魔法陣好像已經發動了，就算摧毀他們的頭部，應該也會爆炸。

「你那條命，就用我的命來——嗚⁉」

於是我用「霰彈槍」將魔法陣連著他們的腹部一同射穿。

直接破壞掉，魔法陣就不會發動，兩名信徒看了多出一個大洞的腹部一眼，當場倒地。

「果然……太勉強了……嗎？」

「雖然阻止不了我，你忠實執行了任務。以此為傲吧。」

「是……嗎？」

講這句話只是用來給他一時的寬慰，面具掉下來的信徒，臉上卻帶著滿足的表情。這或許是唯一的救贖。

對了……我上輩子的戰友就是為了減少這種被當消耗品使用的士兵及孩子，一直在奮鬥。

「……走吧。」

我想起前世的經歷，有點感傷，但我還有事要做。

即使受到嚴重的打擊，韋格仍舊是個危險的存在。為了阻止他，我跳到空中，衝向前方。

——韋格——

「呼……呼……」

離城鎮……好遠。

該死，竟然把我叫到這種鬼地方……混帳東西！

「為什麼……為什麼……為什麼！」

為什麼……我會遇到這種事？

左手被砍斷，還只能落荒而逃……怎麼可能！

我可是會用精靈魔法的偉大聖騎士喔!?

只要有我的火焰，任何人都能燒成灰，為什麼會——

『這樣就第六個……下一個是——』

「嗚!?」

那對眼睛。

那傢伙的眼睛一直停留在腦海！

多魯加身邊也有眼神類似的人，但那傢伙明顯不一樣。

那傢伙不是人類，是怪物。

「可惡！那隻狗到底在幹麼！你們兩個怪物趕快自相殘殺啦！」

虧我特地把力量借給你，殺一隻狗是要花多少時間！

一群廢物！

害我得像這樣拚命逃跑……

「不對……我不是在逃！只是要回去利用城裡的傢伙，幹掉那個怪物！」

雖然很不甘願，只能去拜託多魯加了。

叫那傢伙想點計策──不對，利用那個女人就好。

只要拿那個他特地跑來搶回去的女人當盾牌──

「就殺得掉──什麼!?」

在我以為看見些微的希望時，地面突然消失，我直線落向下方。

「唔……可惡，為什麼這種地方會有洞！」

我掉進地洞了。

深度跟我的身高差不多，寬度足以讓我張開雙臂。在我納悶為什麼這種地方會有洞，抬頭望向上方的瞬間……發出微弱的哀號聲。

「嗚!?」

「你挺著急的嘛。幫我省了把你弄下去的時間。」

那傢伙低頭看著我。

太奇怪了吧。明明是我先逃跑的，為什麼他已經追上我了!?

總之先出去再說，但光憑一隻手沒辦法立刻爬上去。就算這樣，我還是拚命掙扎，那傢伙也下到洞裡，走到我面前。

「你、你怎麼在這裡!?那、那些傢伙呢!?」

「當然是殺掉了。」

「什麼!?連拖時間都不會的廢物——嗚啊!?」

下一刻，不知為何我的臉被揍了，倒在地上。

本想馬上爬起來回敬那傢伙，雙腿卻不停顫抖，站都站不住。

「雖說是基於命令，他們可是想保護你的喔?不准講這種話。」

「囉嗦!少對我說教!」

「不僅沒反省，還氣到失去理智了嗎?沒辦法，為了避免再出現犧牲者，只能請你去死了。」

死?

這個洞該不會是……

「發現了嗎?這是你的墳墓。」

「墳墓!?不、不要!我還不想死!」

「那我問你，以前像這樣對你求饒的人，你有放過他們嗎？」

「唔!?」

不僅沒有，我還連他的家人都一起燒掉。

但那是多魯加叫我做徹底一點，好殺雞儆猴，不是我自己要這麼做的。

「是、是多魯加那傢伙命令我的，我是被逼的！」

「我聽說你玩得挺開心的啊。無論如何，下手的終究是你，不會改變。」

那傢伙邊說邊用會使用詭異魔法的手指指向我，我拚命求饒。

「我、我會幫忙除掉城外危險的魔物喔。殺掉我的話，附近的魔物怎麼辦？城裡的人被魔物攻擊你也不在乎嗎！」

「那不叫除掉，只是發洩罷了。城裡又不是只有你能戰鬥，一直只讓特定一個人負責這些事，其他人是不會成長的。」

「要是你敢對我怎樣，多魯加可不會坐視不管喔？憑那傢伙的權力，還可以把你變成通緝犯……」

「是嗎？我第一次見到他的時候，只覺得多魯加很煩惱該怎麼控制你。現在他已經得到足夠的權力，會不會在考慮除掉你？」

「唔……」

該死，那傢伙的確幹得出這種事。

不要……我不想死。

「拜、拜託，饒我一命！我再也不會燒人，要我當你的徒弟還是什麼都可以……好不好？」

「……………」

雖然只有一點點，他的殺氣感覺變弱了。

難道這傢伙……想收徒弟？

這樣的話……

「沒錯！我被你的力量迷住了！要我負責扛行李也行，收我為徒吧！」

我是被多魯加當成道具養大的存在。

那傢伙總擺出一副父親樣，我可不記得他有把我當孩子對待，也不覺得欠那傢伙恩情。不如說最近他一直在管那些芝麻小事，我還在想該把他收拾掉了。

等等……跟這傢伙一起的話，解決多魯加也易如反掌吧？

而且要拜這傢伙為師雖然很屈辱，當上這傢伙的弟子後，他一定會露出破綻。只要先解決多魯加，之後再找機會偷襲他就行。

我拋棄羞恥心，跪到地上向他磕頭。

「你見識到我的火焰有多強了吧？以後我會為你使用力量——」

『不。你的力量……由我使用！』

「嘖！」

那傢伙突然嘖了一聲，對我背後使用魔法。

難道多魯加的手下還活著？

來得正好，幹掉他拿來當我拜師的墊腳石吧。

「……什麼？」

正當我站起身，想用火焰隨手燒了那人時，背後傳來一陣衝擊，同時，我的胸口冒出什麼東西。

這是……火焰貫穿了我的胸口？

不對，我還沒對精靈下命令啊？再說那些傢伙不可能做這種事……

『來吧，叫精靈把力量全灌注在我身上。』

這個火焰……難道是那隻狗!?

「開什麼──」

『沒時間聽你回嘴了。快點！否則……』

「呃!?嗚啊啊啊啊啊──!?」

體內像在燃燒……

我……會變成什麼樣子……精靈們！給我……想點辦法！

『喔喔……太棒了！只要有這力量，區區百狼——唔!?』

好燙……好痛……好燙！

快點……快點快點快點快點快點快點快點……

『力量太強了!?住手！別再把精靈的力量……啊啊啊啊啊啊——!?』

水……把水……那個……女人……

「糟糕。莫非他們往城裡去了？」

「嗷嗚……」

「要難過等之後再說。北斗，快追！」

「嗷！」

《想守護的事物》

——雷烏斯——

我們和大哥分頭行動，潛入佛尼亞，跟反抗多魯加的聖女派信徒會合。

不能讓阿修莉被神殿的信徒發現，所以我還在擔心要怎麼帶她進去，幸好大哥告訴我們哪個時段城門的守衛會是同伴，輕輕鬆鬆就進城了。那個門衛……感覺很嚴肅，不過一看見阿修莉，他就快哭出來了。

之後我們在阿曼達小姐的帶領下，抵達阿修莉的夥伴——聖女派的藏匿處，看到阿修莉回來，信徒們立刻衝向這邊。

「聖女大人!?」

「喔喔，是聖女大人！」

「各位……你們沒事真的太好了。」

「聖女大人才是，幸好您平安！」

「喂，通知大家！聖女大人平安無事！」

阿曼達小姐說過她們夥伴很少，確實如此，這裡的信徒連十人都不到。就算加上假裝順從多魯加的人，好像也沒多少個。

相對的，大家好像都是真的喜歡阿修莉，為她的歸來感動到哭。

過了一會兒，所有人都冷靜下來後，信徒疑惑地看著我們，問阿修莉：

「聖女大人，請問這幾位是？」

「是這些人救了我。他們還是願意跟我們一起對抗多魯加的可靠人士唷。」

「沒問題嗎？萬一是多魯加的手下……」

「絕對不可能。如果真是這樣，我早就被大主教大人抓走了。」

我們被懷疑也很正常，阿修莉的笑容和她說的話，卻讓信徒一下就相信了。總覺得有點像我們跟大哥。

之後所有人都來道謝，害我們有點不好意思，就在這時，我發現疑似信徒代表的人表情很凝重。

「聖女大人，看見您平安，我非常高興，可是這座城市太危險了。請您盡快逃走……」

「不……我再也不逃了。我回來是為了奪回米拉教，也是為了跟大主教大人戰鬥。」

「「「聖女大人!?」」」

信徒們大吃一驚，這也很正常。

聽阿曼達小姐說，之前不管發生什麼事，阿修莉都絕不會跟別人起衝突。昨晚阿曼達小姐也被她嚇到了。

「大主教大人將米拉教變成現在這個樣子後，信徒們變得更加富裕。可是，只有一部分的人是這樣，說起來，這根本違背了米拉教的教義。」

米拉教改變了之後，貧富差距雖然變得很嚴重，信徒們過得更好也是事實。

不過米拉教的理念不是讓信徒變有錢，而是幫助有困難的人。我對這種事沒啥興趣，但我也知道現在的米拉教有問題。

「我們所知的米拉教，不是只讓自己過得好，而是跟大家分享幸福。我們不就是因為這樣才聚集而來，加入米拉教嗎？」

她將自己的想法告訴信徒，指尖和雙腿微微發抖。

應該是因為雖然決定要與多魯加抗爭，卻害怕自己的任性害其他人受傷吧。

「不能原諒扭曲教義的大主教大人……不對，多魯加。現在教皇大人不在，樞機主教大人也臥病在床，我們非得站出來。」

「可是聖女大人，我們的夥伴很少，多魯加手下還有那個聖騎士在。這樣不知道有沒有勝算……」

「關於這點，我會詳細跟各位說明。雷烏斯先生，請到這邊來。」

「喔。」

我照阿修莉說的放下行李，信徒們立刻看出那些是什麼東西，騷動起來。

接著我告訴他們聖騎士韋格不在城內，以及大哥的計畫，大家的眼睛便越來越有神。

「我再也無法容忍米拉教繼續扭曲下去。所以拜託各位，借我你們的力量。」

阿修莉誠摯地懇求，信徒們沉默了一會兒……一個又一個單膝跪地，所有人都跪到阿修莉面前。

「聖女大人，請您抬起頭來。」

「我們本來就是信奉真正的米拉教才聚集在一起的。」

「有那個計畫，再加上您回來了，現在正是大好機會。我們樂意為您效勞。」

「各位……謝謝你們。」

這些人都是虔誠的信徒，難怪沒被多魯加騙到。

但我覺得比起信仰，更重要的是他們真的很喜歡阿修莉。因為大家都用跟爸爸媽媽一樣溫柔的眼神看著她。

得到信徒的幫助後，剩下就簡單了。

信徒們分頭拉攏被迫順從多魯加的人，請他們在指定時間於神殿前集合。

大哥說裡面會有背叛我們，跑去跟多魯加告密的人，所以就算他們答應了，也要在對方做好準備前突擊。動作迅速，然後要隨機應變……是活用大哥教的知識的好機會。

要做的事雖然很多，因為之前惹到聖騎士而變得很引人注目的我們，決定留在這保護阿修莉。

我在房間角落伸展身體，以便隨時都能行動。阿修莉不安地走來走去，坐在椅子上休息的姊姊她們對她說：

「我明白妳會不安，可是現在就這麼緊張，出發前就會累喔。」

「不過，只是在這邊乾等，實在很難熬……」

「我泡了能安定心神的紅茶。我想妳應該也渴了，要不要一起喝？」

在姊姊她們的邀請下喝了紅茶的阿修莉，稍微冷靜下來了。

但她看起來還是在擔心，莉絲姊便拿出當茶點的餅乾。

「來，吃點餅乾打起精神。早餐妳也沒吃多少對不對？」

「我不餓……」

「就算不餓，那樣還是吃太少。關鍵時刻使不出力就糟糕了，至少吃一點吧。」

看到莉絲姊的笑容，阿修莉接過餅乾，慢慢吃起來。

嗯……我是不是也該對她講幾句話？

這種時候大哥八成會說些什麼安撫她，我也幫她打打氣吧。

「欸，阿修莉。不用擔心，無論發生什麼事，我都會保護妳。是說妳想太多了啦。」

「雷烏斯先生……」

「總之，只要把想說的話跟那個叫多魯加的傢伙講就對了。現在考慮之後的事也沒用。」

我知道情況很複雜，但那傢伙無疑是個大壞人。

我叫她先專注在把那些壞人趕出去，學大哥把手放到她頭上。

「哎呀……」

「噢……」

「呵呵，你也不是做不到嘛。」

姊姊她們驚訝地看著我，沒有生氣，所以我應該沒做錯吧？

我稍微鬆了口氣，肚子大叫了一聲，大概是肚子餓了。

「姊姊，我也要吃餅乾。肚子餓了。」

「「唉……」」

咦……前一秒明明還很正常，現在怎麼變成無奈的視線了？

「雷烏斯果然還有得學呢。」

「嗯，肚子沒叫就完美了說。」

「真的是。明明再溫柔摸摸她的頭就無可挑剔了。」

「啊哈哈……各位，謝謝你們。我心情輕鬆一些了。」

感覺好複雜，不過阿修莉開心就好。

我將姊姊嘆著氣拿給我的餅乾扔進口中，悠閒等待時機來臨。

「聖、聖女大人……」

「那個男人……配得上聖女大人吧？」

「我絕對不會同意！」

從外面回來的信徒們，躲在隱密處偷看我……他們的視線相當令人在意，可是在意就輸了……嗯。

等大家做好準備，在這麼短的時間內增加了近百人的信徒們，按照計畫前往米拉教的神殿……

『多魯加，給我出來！』

『你的所作所為才不是真正的米拉教！』

『聖女大人哪可能是叛教徒！』

以阿曼達小姐為首的信徒，排在神殿前大喊多魯加的名字。

在神殿前面鬧事，多魯加他們的注意力就會放在那邊，讓我們比較好潛入神殿。

要進神殿的只有阿修莉加上我們四個，趁入口發生騷動時潛入，一口氣逮住多魯加。

要攻進敵陣的話，或許該派多一點人，可是我們必須早點抓到他，我方的信徒又不太習慣戰鬥，考慮到還得費心思保護他們，反而會礙手礙腳。派少數精銳一口氣突破比較好。

信徒當然反對讓阿修莉也跟去，但她最瞭解神殿的內部構造，也想跟多魯加直接談談，其他人只得勉強同意。

因此他們為了能多少幫上阿修莉的忙，拚命大吼。

『你們幹什麼！在這種地方大吵大鬧，不覺得對米拉大人很失禮嗎！』

『我才要這麼說。你們扭曲米拉教的教義，米拉大人會難過的！』

『你懷疑米拉大人的神諭嗎！』

聖女派與多魯加派的信徒起衝突時，我們在阿修莉的帶領下，來到能進入神殿的祕密通道。

神殿所在的山腰有座小瀑布，後面有個隱密的洞窟……

「……看起來只是一般的洞穴耶。」

「或是岩石削成的空洞？」

一進去就會走到死路，怎麼看都不像密道。

我們納悶地環視周遭，阿修莉把手放到附近的牆壁上，岩石便往旁邊移開，出現一條通往深處的道路。

「不愧是密道，這機關真講究。」

「這條路只有教皇大人、樞機主教大人和我知道。走這邊就能在不被任何人發現的情況下進入神殿。」

我們走在微冷的洞窟中，阿修莉邊走邊介紹這個地方。

「這裡之所以沒對外公開，不只是因為密道，也是因為它是米拉教的聖域。」

「我們走這條路進去沒問題嗎？」

「對呀。也可以用我的魔法從中庭潛入喔？」

「教皇大人說過，遇到緊急情況儘管使用，不必顧慮。我認為現在就是時候。」

「那就當成珍貴的經驗吧。大哥八成會覺得很可惜，因為他喜歡稀奇的東西。」

走了一會兒後，我們來到有座大湖的開闊場所。

剛才聽阿修莉說這裡是聖域，我還沒什麼感覺，這座湖卻神聖到我能理解為什麼要這樣稱呼它。

不只是我，姊姊她們也看到出神。

「據說米拉大人住在這座神聖的湖裡。可以靠近沒關係，不過請不要走進去唷。」

「好漂亮的地方。要不是因為這個狀況，真想看久一點。」

「我想和天狼星少爺一起來。」

「好的，我之後去拜託樞機主教大人看看。我想米拉大人也會同意讓大家來。」

我想再待一下，可是現在得先抓住多魯加。

阿修莉走向湖附近的門，我正準備跟過去，發現莉絲姊呆呆盯著湖。

「……是嗎，原來是這樣。」

「莉絲，妳怎麼了？該走囉。」

「啊，對不起。我馬上過去。」

「妳發現什麼了嗎？」

「沒有啦。只是在想水很乾淨，精靈也很有精神。」

本來擔心是不是發生了什麼事，不過莉絲姊看起來沒怎麼樣，應該沒問題。

我們追上在門前等待的阿修莉，圍成一個圓圈確認作戰計畫。

「這扇門後面是神殿的中心區域，名為祈禱之間的房間。艾米莉亞小姐，麻煩妳了。」

「瞭解。等等我們要先去確保樞機主教大人的安全。」

姊姊拿出阿曼達小姐畫的地圖，指向我們的所在位置。

接著阿修莉從旁邊伸出手，指著通往某個房間的路線為我們說明。

「從祈禱之間到樞機主教大人的房間，走這條路最快。」

「天狼星少爺說這附近有微弱的反應，我想樞機主教大人大概在那沒錯。」

「統統正面突破對吧？姊姊。」

「嗯。你要注意聽阿修莉和我們的聲音，排除擋在前面的敵人。之後我會看狀況對你下指示，冷靜行動吧。」

其實由年紀最大、經驗豐富的菲亞姊指揮或許比較好，但她說自己一直是獨自旅行，以徒弟資歷來說又是新人，回絕掉了。

菲亞姊好像比較適合後方支援，難怪她都待在能看見所有人的位置。就是大哥之前說的「參謀」吧。

「阿修莉，妳知道自己該做些什麼吧？」

「是。負責帶路，還有跟著各位走。」

「不可以勉強自己，跑得比我們更前面喔。無論遇到什麼樣的攻擊……」

「我們都會保護妳。前方就麻煩你囉，雷烏斯。」

「交給我吧！」

商量完之後，我們進入神殿內部。

「喝啊——！」

「敵、敵人——呃啊!?」

「到底是從哪——唔喔!?」

祈禱之間裡空無一人，我們在走出去的同時被裝備鎧甲、疑似多魯加近衛的男人發現，我立刻拔劍打暈他們。

「什麼聲音!?」

「有敵人入侵！」

「礙事。『風彈』。」

「各位，該你們出場了！」

聽見聲音，從裡面跑出來的近衛，被姊姊和菲亞姊的魔法轟飛，用力撞上牆壁，一動也不動。

其中還有從遠處以魔法攻擊的傢伙，被莉絲姊的魔法統統防住。

用水球抵銷火球，飛過來的岩石則用水包住，減緩力道，總覺得莉絲姊狀態比平常還要好。

「妳會不會用太多魔法了？我可以幫妳負擔一半。」

「別擔心，大概是因為水精靈很多，我不太會消耗魔力。完全沒問題。」

「那就好，小心不要太勉強。」

「可惡！快通知大主教大人！」

敵人的聲音害我聽不太清楚姊姊她們說話，不過看大家的表情，應該沒什麼大礙。

我們一面排除接連出現的近衛，一面奔跑，在二樓的露天走廊遇見手拿小刀的信徒，瞄準阿修莉攻擊。

「該死的叛教徒，覺悟吧！」

「休想！」

比我更早行動的姊姊閃過對手的小刀，一腳踹飛他。

姊姊還射出飛刀追擊，被踢飛的信徒立刻重新站好，用手上的小刀輕鬆擋掉。

「你果然不是普通的信徒，是多魯加雇用從事那一行的人嗎？」

「我不打算回答。你們幾個看起來有點本事，不過別想通過這裡。」

「我可不是只會用小刀攻擊。『風彈』。」

對方沒有回答問題的意思，因此姊姊立刻使出平常慣用的魔法，那名信徒冷靜地跳到旁邊，閃了開來。

風魔法基本上很難用肉眼捕捉，速度又快，並不好躲，他卻將攻擊路線看得一清二楚。

「太慢了。接著輪到我——嗚!?」

然而，姊姊偷偷使出的「風衝擊」在他身旁炸開，把他轟得陷進牆壁。

「你該把我同時用了兩個魔法的可能性也考慮進去。可惜我想你應該已經聽不見了。」

「如果妳以為對手只有一個，就大錯——」

「這是我要說的！」

躲在隱蔽處的傢伙跳出來攻擊姊姊，別忘記還有我在啊。

雖然我覺得姊姊應付得來，還是從旁介入，把他揍得遠遠的。

就算他把氣息隱藏得很好，和大哥比起來，跟在說「我在這裡喔」沒啥兩樣，我馬上就察覺到了。

「敵人有點難纏，不過小心一點就不會有問題。」

「嗯，只有我們也應付得來。阿修莉，別離開我後面喔！」

「是！可是，米拉大人的神殿出現那麼多傷患……」

「要難過等阻止元凶後再說。否則會出現更多傷患，現在先前進就對了！」

「!?我、我知道了！」

明明是敵人，阿修莉看到傷患仍然會難過，幸好菲亞姊嚴厲的教訓似乎讓她鼓起幹勁了。

之後我們遭到好幾次近衛跟信徒的襲擊，將他們統統打倒，繼續前進。

來到鋪著豪華地毯的門前時，阿修莉指著前方大叫：

「這裡就是樞機主教大人的房間！」

「姊姊，裡面有兩個人！」

「其中一個可能是敵人，但沒時間猶豫了。要慎重又大膽地行動！」

我們以要踹破房門的氣勢衝進去，寬敞房間的角落，有一名老婆婆躺在床上。

老婆婆的年紀看起來比艾莉娜小姐還大，臉頰凹陷，看起來非常衰弱。

「樞機主教大人！」

「不准動！敢繼續靠近的話，她就沒命了。」

看來那人就是樞機主教沒錯。另一名信徒發現我們的存在，拿小刀抵住樞機主教的脖子。

「多魯加閣下應該很快就會趕到，在那之前妳們就安分點吧。」

「等一下！不准傷害那個人，要人質的話我來當。」

「我拒絕，不需要不受控制的人質。」

為了保護樞機主教，阿修莉主動提出交換人質，對方果然沒答應。

目的是從這裡逃出去也就算了，如果只是要拖延時間，拿樞機主教當人質比較方便。

在這個不能輕舉妄動的狀況下，姊姊對我使了個眼色，我拿著劍踏出一步。

「你在做什麼？給我扔掉武器退下！」

「喂，你覺得你的小刀和我的劍……哪個比較快？」

「你以為我在開玩笑嗎？無論你下手再怎麼快，都不可能救得了她。」

「我每天都在練劍，它跟我的手沒兩樣。要只砍斷你的手一點都不難喔？」

「我的風魔法也很快。想嘗嘗連自己被砍中都不知道的風刃滋味嗎？」

「各位，請不要這樣。不能讓樞機主教大人遇到危險。」

阿修莉試圖阻止大家，我和姊姊都沒聽進去，擺好架式。

讓對手明白我們不是在開玩笑後，姊姊往旁邊挪了一步，對手視線微微跟著移動的瞬間……我們行動了。

「你們……瞄準一點。」

「大家，拜託了。」

菲亞姊喃喃自語的瞬間，信徒手邊捲起一陣風，拿小刀的手被吹得用力晃了一下，莉絲姊再用水球彈飛小刀。

與此同時，我跟姊姊衝出去抓住驚慌失措的信徒，迅速用繩子綁住他。

「好，這間房間搞定了。」

「阿修莉，是這位女士沒錯吧？」

「咦……啊……是的！她就是樞機主教大人。」

這一切發生得太快，阿修莉無法理解狀況，愣在那邊，看到樞機主教沒事後便恢復鎮定。

到目前為止都進行得很順利，只剩下抓住多魯加。我鼓起幹勁，阿修莉帶著快要哭出來的表情輕聲說道：

「樞機主教大人瘦成這樣……太可憐了。」

「我記得她是身體突然不舒服對不對？搞不好不是生病，而是被人下毒。」

「艾米莉亞，我可以幫她看一下嗎？」

「當然可以。她現在這個狀態，不能置之不理。」

大家圍在床旁邊，莉絲姊用魔法將樞機主教的身體用水包起來。

等到治療完畢，水消失的時候，樞機主教蒼白的臉色也恢復血色。

「呼……差不多這樣吧？天狼星前輩應該會更清楚症狀，總之至少沒有生命危險，放心吧。」

「真的嗎！太好了……」

阿修莉哭著握住樞機主教的手，大家自然而然笑出聲來，這時我感覺到有人在接近這裡，拿起大劍。

姊姊她們也一樣戒備起來，房門打開，數名信徒衝進房間，我的視線卻落在最後進來的人身上。

「哼，想不到連這裡都被攻陷了。」

我從來沒見過這個人，看明顯跟其他信徒不同的一身高級法袍，再加上目中無人的態度，那男人八成就是敵人的頭領多魯加。

我們擋在沒有戰鬥能力的兩人身前，多魯加掃了大家一眼，最後瞪著後面的阿修莉。

「我接到報告說有幾個入侵者，沒想到是妳啊，前聖女阿修莉。」

「多魯加……」

阿修莉不習慣他人的敵意，嚇了一跳，但她立刻不服輸地回瞪。

他們互瞪了一會兒，看到阿修莉堅持不移開目光，多魯加不耐煩地嘆氣。

「若是以前，妳一下就會不敢看我，妳有點成長了嘛。」

「那當然！大家都在努力奮鬥，我怎麼能退讓。」

「在外面鬧事的那些傢伙果然是妳的人嗎？不僅打倒我的近衛，還把米拉教搞成一團亂，妳有何居心？這可不是擁有米拉教聖女之名的人該做的事。」

「我做的事確實不符合聖女的身分，或許是背叛米拉大人的行為。可是把米拉教搞得最混亂的，是竄改教義的你！」

「哼，看來妳稍微學到世間有多險惡了。」

「如果受苦的人只有我，我不會多說什麼。但你不僅扭曲米拉教，還利用聖騎士害這麼多人犧牲，身為米拉教的信徒，我無法原諒你！」

阿修莉鼓起勇氣，說出自己的想法，多魯加搖著頭，像在教導腦袋不好的小孩般對她說：

「扭曲？妳錯了。這是用來讓米拉教繼續存在的必要行為。」

「我不覺得扭曲教義、硬跟信徒收錢是必要的行為。」

「傷腦筋。我之前就這麼覺得了，妳真該面對現實。首先，米拉教是靠市民的捐款撐起來的。這一點妳總該知道吧？」

「這還用說。米拉教是由信徒和市民們支撐的。分享幸福……就是米拉大人的意思。」

聽阿修莉說，米拉教的資金來自於市民或受到幫助的人的善意捐款。

也就是說，米拉教能不能繼續存在，全掌握在市民手中。

「可是，妳考慮過米拉教的未來嗎？妳真心覺得只會下達神諭，從來沒在我們面前露過面的米拉大人，是可以一直崇拜下去的不容違背的存在？」

「你想說米拉大人並不存在嗎？絕不可能。事實上，我就聽過好幾次米拉大人的聲音！」

「我不是那個意思。萬一發生什麼意外，市民開始懷疑米拉大人的存在，失去穩定收入的米拉教會就此崩壞吧。所以我才想將米拉教改變成宣傳米拉大人之名的同時，還能籌備用來維持米拉教的資金。為了讓米拉大人的名字永久流傳下去，有時也需要做點壞事。」

「教皇大人跟樞機主教大人不可能希望發生這種變化。為什麼要擅自決定！」

「教皇踏上巡禮之旅後一直沒回來，那邊的樞機主教病倒了，連話都講不好。而妳則因為米拉大人的神諭淪為叛教徒。在這個狀況下，除了我以外誰能做決定？」

「那你為什麼不跟其他人商——」

「蠢問題。正是因為其他信徒贊成，才能改變教義。稍微想一下就知道了吧？」

雖然我不太想承認，多魯加說的話好像也有道理。

多魯加斬釘截鐵地表示自己沒有做錯，阿修莉一句話都回不出來。

「我跟妳想法雖然不同，終究是為米拉教的未來著想而行動。這樣妳還要說我是錯的嗎？」

「這個……可是……」

多魯加露出得意洋洋的表情，彷彿在說我們白費工夫。

阿修莉有話想說，所以我一直沒出聲，但我實在忍不住了。

「等一下。你說你沒做錯，不過你的主張很奇怪喔？」

「雷烏斯先生？」

「你是什麼人?無關的傢伙給我閉上嘴巴。」

「不,我不閉嘴。你嘴上說著全是為米拉教好,自己卻根本沒為米拉教做什麼。」

米拉教的教義是幫助有困難的人,這傢伙卻叫聖騎士燒掉市民的家,事後也沒把房子修好。

說什麼為米拉教的未來著想,我覺得他其實只想著當下的利益。

雖然有部分是基於直覺判斷的……

「該怎麼說咧,你身上有股只想著坑錢、跟那些壞人一樣的味道。」

「入侵者……在這邊胡扯什麼。」

「這可不是胡扯唷。樞機主教剛好在這種時候生病,你還聽見始終遵循女神教誨的聖女是叛教徒的神諭,導致情況變得對你有利,太可疑了。」

米拉教裡面,掌握最多利益的人就是多魯加。

就算是因為掌權者要穿得華麗一點,那套豪華的法袍及裝飾品未免太高級了,我很想問他真的有必要穿成這樣嗎?

「你說改變教義是因為其他信徒也贊成,不過聖女阿修莉離開神殿後,應該就只剩你手下的信徒了吧?」

「再說,你聽見的神諭是真的嗎?因為人家礙事就要處分掉,你的女神大人心胸真狹窄呢。」

「阿修莉，不可以被騙唷。那個人說是為了支撐米拉教，結果只是在為自己的利益及欲望行動。街上的狀況和他讓聖騎士為所欲為，就是最好的證據。」

「各位……」

無法反駁、陷入消沉的阿修莉，聽見我們說的話便想起自己來到這裡的意義，直盯著多魯加。

看到她的眼神恢復堅定，多魯加搔著頭說：

「嘖……為什麼小孩都不會照我的意思行動，韋格也一樣。」

「你太小看小孩子了。順便補充一句，想讓人按照自己的意思做，你自己也該展現出相應的能力。」

「對啊，大哥的命令我就會聽。」

「騙得了大人，卻不擅長對付小孩呢。」

「少看不起我！明明繼續被我騙下去，就不必受傷了。」

多魯加退到後面打了個響指，待在周圍的五名信徒同時拿起武器。

「那個男獸人無所謂，女人一定要活抓。殺掉太可惜了。」

又來這招喔。

我絕對不會讓你得逞。姊姊她們是大哥的人！

「外表雖然不一樣，妳是昨天來過的妖精對吧？感謝妳特地自己過來。」

「哎呀，你想要我嗎？對不起喔。我說過我已經有天狼星了。」

「哼，妳跟那個男人昨天才來威脅我，現在卻在這種地方，這是怎麼回事？我看你們自稱是艾琉席恩的人也很可疑。」

「我倒覺得有一半是真的唷。」

「算了，沒差。你們非法入侵神殿，就等於是我的東西。」

故意不隱藏身姿，表示這些人應該滿強的。

多魯加大概是知道自己會妨礙他們戰鬥，轉身想走出房門。這時……

「傷到他們一些沒關係，小心別做過——」

「散開！」

姊姊一聲令下，我們便同時行動。

然而對手好像也預料到了，冷靜地各派一人迎擊衝向前方的我和姊姊，剩下的則對後面的姊姊她們和阿修莉擲出小刀。

那些刀子上恐怕抹了麻痺毒，菲亞姊用風讓飛刀偏移，把它們吹得統統刺進旁邊的牆壁。

莉絲姊則直接回擊，射出無數水球封住對方的行動，看來那邊不用我擔心。

「對上我們還敢看其他地方，太瞧不起我們了吧。」

「我沒有瞧不起你們。」

我拿爺爺的手甲彈開刺過來的小刀，抬起膝蓋擋住同時襲來的踢擊，用劍柄痛毆對手的肚子。

不好意思，我每天都在跟以小刀為主要武器的大哥切磋。

可能是因為這樣吧，敵人的動作被我看得一清二楚……我反而很疑惑為什麼那人腳踢出去後，沒有馬上準備防禦我的攻擊。

「噢，現在可不是得意忘形的時候。」

我看了下旁邊，姊姊正抓住敵人的手臂把他扔出去，我也來減少敵人數量，免得多魯加逃掉吧。

姊姊和我打暈了其中兩人，所以剩下三人很快就解決掉了。

不過也是因為莉絲姊狀態超好，完全沒有我插手的餘地。

「妳真的不累嗎？光剛剛那場戰鬥，應該就消耗了不少魔力耶。」

「嗯……好像還沒問題。其實我自己都有點驚訝。」

莉絲姊連續射出比大哥的「霰彈槍」更多的水霰彈，狂轟敵人。

翻著白眼昏過去的那三個人，八成全身都是瘀青。看到這個畫面我不禁心想，惹莉絲姊生氣真的很可怕。

總之，這樣多魯加的守衛就全部處理完畢。

我們只花了短短一瞬間，因此多魯加錯失逃跑的時機，咬牙瞪著我們。

「真是……一群派不上用場的垃圾。這樣還稱得上精銳嗎！」

「那就是大主教的本性。難怪聖騎士會被養成那個樣子。」

得立刻抓住多魯加，讓在外面調虎離山的阿曼達小姐他們放心。

考慮到他身上可能藏有武器，我們慎重地接近他，一下就把他抓住，拿繩子綁他時他也沒有抵抗。

大家包圍住他，詢問這起事件的經過……

「哼……確實是我陷害聖女的。我隨便扯了個理由跟市民收錢也是事實。」

他招得真乾脆。

還以為這種時候要嘛會絕望，要嘛會哭著求饒，這傢伙怎麼這麼鎮定？

「你挺從容不迫的嘛。你明白自己現在的處境嗎？」

「就算被逼入絕境，我也不會丟臉到大吵大鬧。再說不管你們怎麼做，結果都不會改變。」

「什麼意思？」

「我們知道神殿裡有一堆你做壞事的證據，等等要讓你在大家面前統統招出來。」

「這樣真的好嗎？」

果然……不太對勁。

他沒有回答我們的問題，不慌不忙地開始解釋：

「把我做的事公諸於世，不只信徒，連相信米拉教的人都會統統遭到背叛喔？這樣一來……米拉教究竟會變成什麼樣子？」

意思是這件醜聞擴散出去的話，市民會對米拉教起疑，米拉教可能會跟多魯加說的一樣，瀕臨崩壞。

「而且神殿的人幾乎都是我的同夥。就算我坦承罪行，我可不認為他們會輕易相信叛教徒小丫頭說的話，裡面也有跟我一樣的既得利益者。他們不可能乖乖招供，情況肯定會變得比現在更混亂。也就是說，你們將成為讓米拉教崩壞的契機。」

多魯加相信我們不可能做出毀掉米拉教的選擇，才有辦法這麼冷靜嗎？

「那麼，交涉時間到了。我現在就去宣布之前聽見的神諭有誤，讓這小丫頭做回聖女怎麼樣？不只是她，其他信徒我也會讓他們回到神殿。把米拉教的教義改回原樣當然也行。」

「說什麼鬼話！你知不知道你害多少人受苦受難啊！」

「確實會留下遺恨，不過只要你們忍耐就行。這樣不僅所有人都能平安回到神殿，還能避免陷入最糟糕的事態喔。」

「有那麼簡單嗎？」

「我辦得到。不相信的話，再加一個條件。讓聖女跟其他信徒恢復原本的地位後，我發誓會辭去大主教的職位，離開這座城市，永遠不會回來。」

這傢伙真會講話，難怪能把米拉教搞得一團亂。

這副高高在上的態度固然讓人不爽，但他說得也是事實。所謂的「無法靠力量解決的問題」，就是這種事情吧。

「沒時間慢慢思考囉。聖騎士現在有事外出，等他回來，你們就等著被燒死吧。」

「沒關係啊，反正聖騎士不會回來。」

「什麼？」

聖騎士的存在也是他能這麼冷靜的理由，不過那不重要。米拉教的未來不該由我們決定。

大家的視線集中在一直默默在旁邊聽著的阿修莉身上，多魯加露出得意的表情……

「怎麼煩惱答案都只有一個。不想看見妳最喜歡的米拉教毀掉的話——」

「沒關係。」

阿修莉果斷地回答。

「什麼沒關係？」

「我說，把你做的壞事公開也沒關係。我要到神殿外面，將真相告訴大家。」

「妳認真的嗎⁉妳想保護的米拉教毀掉，妳也不在乎——」

「按照你的提議繼續維持下去的米拉教，已經不是米拉教了。今後我也想問心無愧地幫助有困難的人。」

對啊。在用謊言偽裝起來的狀態下幫助別人，一點都不值得高興。

「有個人告訴我，無論發生什麼事，都不要忘記自己的原點。而我的原點……我想保護的米拉教，是能讓大家一同歡笑、互相扶持的公正存在。」

大哥預料到情況會發展成這樣，才對阿修莉說了這種話？

不對……不是大哥，是阿修莉堅強的心拒絕了多魯加的誘惑，讓她鼓起勇氣，決定向前邁進。

「妳瘋了嗎!?真的沒關係嗎！」

「是的。我不知道米拉教會變成什麼樣子，不過如果教皇大人在場，他肯定會果斷地這麼做。」

阿修莉臉上浮現笑容，毫不猶豫，多魯加張著嘴愣在那邊。

「而且……即使沒有米拉教，我也會獨自以米拉大人信徒的身分——」

「妳不是一個人唷。還有那些跟家人一樣、願意跟隨妳的人呀。」

「啊，對喔。即使沒有米拉教，我也會大家一起繼續活動。」

「……想不到妳如此愚蠢。那個時候果然該把妳除掉。」

他的語氣太沒魄力，導致這句臺詞聽起來一點都不可怕。

「壞人也贏不了純真的阿修莉呢。」

「這樣就……贏了嗎？」

「對阿修莉他們來說，真正的戰鬥之後才開始。不過至少目前是我們贏了。」

「剩下只要等大哥跟北斗先生回——唔⁉」

不祥的預感瞬間竄過全身……我的尾巴和耳朵整個豎起來。

姊姊也跟我一樣，盯著窗外。

「什、什麼事⁉艾米莉亞也是，到底怎麼了？」

有東西……要來了？

有種異常的生物在接近這裡的感覺。

我沒有回答莉絲姊，打開窗戶，凝視大哥離開的方向……

「是……炎狼嗎？」

山的另一側，出現巨大的炎塊。

——妃雅莉絲——

艾米莉亞和雷烏斯警戒得耳朵跟尾巴豎成那樣，是很正常的反應。

因為有個炎塊在往這邊走過來。雖然距離太遠，我無法判斷正確的大小，肯定比這座神殿更巨大。

「是……炎狼嗎？」

炎塊非常不安定，勉強看得出狼的形狀，所以雷烏斯用的是疑問句。

擁有疑似狼的耳朵跟尾巴，炎塊卻在用兩隻腳走路，比較接近雷烏斯變身後的感覺。

「那、那是什麼!?」

那東西非常大，因此不只神殿外的信徒，市民也發現了，引起一陣騷動。

「不清楚。至少跟炎狼有關……」

「喂！到底怎麼了！」

被繩子綁住，看不見外面的多魯加嚷嚷著，可惜我們沒空理他。

最早回過神來的艾米莉亞吶喊道：

「天狼星少爺!?天狼星少爺！您沒事吧！」

「大哥！沒事吧，大哥！」

對、對喔！那邊是天狼星前輩跟北斗去的地方。

阿修莉被突然大叫的我們嚇到，但現在得先確認天狼星前輩的安危，沒心思顧慮那麼多。

大家拚命呼喚天狼星前輩的名字……

『……我沒事，可不可以別同時大叫？』

經過一段感覺起來無比漫長的短暫時間，天狼星前輩終於回應，我們紛紛鬆了一口氣。

我跟艾米莉亞相視而笑，唯一保持冷靜的菲亞小姐，向天狼星前輩詢問事情經過。

「幸好你沒事。我有很多問題想問，先告訴我那邊的狀況吧。」

『嗯。我們把韋格和炎狼逼入絕境，瀕死的炎狼卻把韋格吃掉了。結果就是那個。』

根據天狼星前輩的說明，受到致命傷身體變小的炎狼，進入韋格體內，以驚人的速度變大。

『我個人的推測是，炎狼八成想跟韋格同化，藉此得到精靈的力量。但精靈力量太強，牠無法控制，最後失控了。』

「同化，還有辦法做到這種事呀？」

『那傢伙被逼急了，很可能發生出乎意料的事態。看牠沒攻擊離牠最近的我跟北斗，推測雙方都無法正常思考。我不知道炎狼跑去那邊的理由，總之所有人立刻離開佛尼亞。』

「那您要怎麼辦!?」

『我……去收拾那傢伙。應該會花點時間，說不定來不及在牠抵達佛尼亞前解決掉，所以我希望大家先去避難。』

「大哥，你在哪裡？我也要戰鬥！」

『光靠近牠身體就會燒起來喔？劍對付不了那傢伙，你專心多救一些人就對了。把累積至今的經驗，活用在劍以外的地方。』

「……喔！」

雷烏斯也本能察覺到情況不妙，乖乖答應天狼星前輩。

天狼星前輩還告訴我們佛尼亞的公會長搞不好被關在神殿地下，希望我們去救他。

只要交給天狼星前輩，他一定會想辦法解決。

不過對手是火焰的話，看得見水精靈的我也能派上用場。這次輪到我幫助天狼星前輩了。

然而……

「雖然很不甘心，我大概也幫不上忙。那我就專心保護市民，以減輕天狼星少爺的負擔吧。」

「對呀。那麼強大的火焰，用風吹散反而會害災情擴大。再說，那東西大到連吹不吹得散都不知道……」

「說到火就該莉絲姊上場了吧。莉絲姊，交給妳了！」

大家的視線都落在我身上，我望向在旁邊不斷祈禱的阿修莉。

「米拉大人……請保護城裡的各位。求求您……」

真心愛著米拉教、愛著佛尼亞的這孩子，一定沒問題。

我明白光在這邊祈禱一定很難受，於是我牽起阿修莉的手，跑出房外。

「莉絲……小姐？」

「阿修莉，去祈禱之間吧。要舉行神諭的儀式。」

「咦!?為什麼要傾聽神諭……」

「別問那麼多！得快點呼喚米拉大人。」

「那我先去那裡準備。」

「我也是。小心不要跑太快跌倒喔。」

兩姊弟相信一句話都沒解釋的我，我看著他們從旁邊跑過去的背影，感到十分安心。這時我的身體突然飄了起來。

「我用風送妳們一程，別放開阿修莉的手。」

「可是，同時送兩個人會太勉強吧……」

「短時間的話兩個人也沒問題。而且最累的會是妳，別跟我客氣。」

「謝謝妳！」

「咦、咦咦!?」

靠菲亞小姐的魔法飄起來的阿修莉嚇得尖叫，我一面簡單地跟她說明，趕往祈禱之間。

抵達祈禱之間的我們，在舉行神諭儀式的必要裝置前做準備。

「把魔力注入這個裝置就行了？」

「是的。注入一定量的魔力，裝置就會啟動。」

大約跟我腰部一樣高的四角形盒子裡，埋著一顆大魔石，構造相當簡單，但近看就知道上面的圖案複雜到讓人頭痛。

雖然不清楚圖案跟機關的意義，現在最重要的是要讓它啟動。

阿修莉說明完的同時，艾米莉亞、雷烏斯和菲亞小姐把手放到魔石上。

「這個裝置要注入好幾十人份的魔力才會啟動，至少把外面的人叫來吧……」

「有我們三個就夠了。」

「沒錯。開始吧！」

照理說，從小接受鍛鍊的兩姊弟，以及能自由操縱精靈的菲亞小姐，應該擁有高於常人好幾十倍的魔力。

如我所料，裝置馬上開始發光，阿修莉驚呼著跑過去。

「好厲害，啟動了！」

「呼……消耗了一堆魔力，不過勉強還能動。」

「我可能快不行了。」

「因為雷烏斯以劍術為重嘛。這樣就行了嗎？」

「之後只要被選上的人碰觸魔石，就能聽見米拉大人的聲音。那麼，莉絲小姐要問米拉大人什麼問題？」

「不是要問問題，是要請她借我們力量。我們一起碰吧。」

我跟納悶的阿修莉一起觸碰魔石，集中精神，感覺到周遭有無數的反應。

接著，阿修莉發現出現於面前……不對，是一直在面前的存在，開口呼喚：

「米拉大人……」

『……好久不見，阿修莉。最近都沒跟妳說到話，我很寂寞。』

「我、我也是！對了，米拉大人！現在佛尼亞的狀況非常危險，有火——」

「乖，米拉大人不會逃走，慢慢說就好。米拉大人，可以嗎？」

『嗯，如果能幫上妳們的忙，可以呀。』

「米拉……大人？」

明顯不自然的狀況，令阿修莉面露疑惑，在旁邊看的雷烏斯也同樣一頭霧水。

「我什麼都聽不見耶，莉絲姊也聽得見米拉的聲音嗎？」

「好像是。意思是，莉絲也是被選上的人——嗯？難道米拉大人是……」

「原來如此。難怪莉絲也聽得見。」

「那個，請問這到底是……」

「阿修莉，冷靜點聽我說。米拉大人其實不是女神……是精靈。」

「精靈!?」

我之所以會發現，是因為米拉大人在地下的聖域跟我說話。

她告訴我她長年住在這裡，以及自己的真實身分。

「應該說是精靈中的高階存在吧？總之比普通的精靈更強大。」

「米拉大人是……精靈……」

得知真相的阿修莉茫然盯著米拉大人，大概是因為她一直相信米拉大人是女神吧。無法言喻的衝擊，使她看起來有點不知所措，不過……

「無論她是什麼樣的存在，米拉大人一直在這裡守護你們喔。這代表什麼意思……妳不會不明白吧？」

「……是。」

「所以不要露出那種眼神，跟平常一樣對待米拉大人吧。妳看，米拉大人看起來很寂寞呢。」

「啊……米拉大人，對不起。」

『沒關係，這也是因為我沒告訴妳。謝謝妳，莉絲。』

阿修莉稍微冷靜下來後，我才進入正題。

「那麼，我想藉助米拉大人的力量阻止火巨人。以精靈的力量，一定有辦法阻止它。」

「麻煩了！莉絲小姐絕對辦得到。」

「妳在說什麼呀？妳也要一起來。只要跟使用魔法一樣拜託精靈就好，妳一定也行。」

「我、我怎麼可能……」

「那妳只要在這邊祈禱就夠了嗎？就我的經驗，什麼忙都幫不上是最痛苦的喔？」

「啊……」

阿修莉肯定能明白我的心情。

她看著我的眼睛，不久後，像做好覺悟般點了點頭。

「大部分由我負責，妳只要跟在後面推著我前進就好。不好意思，沒練習過就要正式來……要上囉！」

「是！」

老實說，加上對精靈還一知半解的阿修莉，大概差不了多少。

然而重要的是，要讓她有事可以做。

因為阿修莉比在場的任何一個人，都還想守護米拉教和佛尼亞。

「唔唔……」

「不必那麼用力。行動的不是我們，而是我們拜託精靈行動。相信一直守望妳的米拉大人。」

「米拉大人……」

這種事全憑感覺，所以解釋起來很困難，不過信仰米拉大人的阿修莉肯定會明白。我正在做的事，或許會給自有安排的天狼星前輩添麻煩。

可是……我想幫上你的忙。

想幫助指導我魔法、指導我生存方式、讓我認識這個世界的你。

「把力量借給我們吧！」

——天狼星——

與弟子們結束通話，騎著北斗追炎狼的我，面色凝重地喃喃自語。

「這……比想像中更棘手啊。」

「嗷嗚……」

剛才那發是第三發「反器材射擊」，卻沒能射穿炎狼的核。

畢竟不能太靠近牠，「探查」的準確度會因此下降，無法掌握核的正確位置。而且在我發射子彈的瞬間，核的位置好像會移動，或許是失去意識後，牠依然能靠本能感應到危險。

如果牠的身體小一點，搞不好還有機會碰巧射中，可惜炎狼現在跟神殿差不多大，被我矇到的可能性太低了。

也就是說，關鍵在於如何用「反器材射擊」射中核。儘管還沒有完全掌握住，我隱約看出那傢伙的行動模式了。

再五發……不對，再四發就射得中。

問題是……照現在這個速度，牠會跑進城鎮。

「北斗，你還跑得動嗎？」

「嗷！」

疲憊的北斗吃了我製造的魔力塊後，也恢復到可以跑的程度，可是要發動攻擊還有點勉強。

我知道大家正忙著讓市民避難，不過不曉得能否叫莉絲幫忙做一道水牆絆住牠——在我如此心想之時，那東西突然出現了。

「……是莉絲嗎？」

不只附近的河流，連空氣中的水分都開始凝聚，化為人形水塊，現身於炎狼面前。

儼然是個水巨人，大小相當驚人。

身體比炎狼大兩圈，宛如一座巨大的山丘，像要守護城鎮般擋在那邊。

「幹得漂亮。妳成長了不少嘛。」

如果只是要攻擊或絆住牠，直接把水潑下去即可。

然而這麼多的水一次流下來，足以影響周遭的地形。

我打算先確認情況再說，聯絡艾米莉亞。

「艾米莉亞，我看見一個水巨人，妳那邊發生了什麼事？」

『那是莉絲跟阿修莉藉助米拉大人的力量製造出來的。』

「阿修莉也有幫忙嗎!?」

而且，說是藉助米拉大人的力量製造的……我對這方面不是很瞭解，但有女神之力的話，做得出那種東西也不奇怪。

從相性問題和體積差距來看，照理說應該要選擇逃跑，炎狼卻沒有停下腳步，持續向前。

牠大概是判斷有敵人擋在前面，噴火攻擊眼前的水巨人。

火焰的威力強到連在附近的我們都感覺到熱風，想必能瞬間將水蒸發。

水巨人卻不當一回事，正面承受住火焰，展開雙臂抱緊炎狼的身體。

大量的水蒸氣遮蔽視線，但我看得出炎狼正逐漸沉進巨人體內，身體慢慢縮小。

「用自己的身體抵擋火焰。這個做法真符合米拉大人……愛的女神的名號。」

「看來沒我們出場的機會。」

「嗷嗚……」

「是啊。無法挽回失態確實很不甘心，我也一樣。等等去跟大家致歉，和莉絲跟阿修莉道謝吧。」

「嗷！」

熱氣依然強烈，因此我準備繞路回佛尼亞，在這時聽見艾米莉亞近似慘叫的驚呼聲。

『天狼星少爺！莉絲跟阿修莉出狀況了！』

『水巨人好像快維持不下去了，大概是魔力消耗量太大。欸，炎狼現在的情況如何？這裡離那邊太遠，看不清楚。』

「……不行。牠還在繼續抵抗。」

儘管有米拉的力量，要讓那麼多的水維持型態，對兩人造成非常大的負擔。

被水困住還在繼續燃燒的炎狼，其執念令人驚訝，不過照這樣下去，牠遲早會消失。

但在此之前，莉絲和阿修莉會先撐不住。

必須盡快行動。

「莉絲……聽得見嗎？莉絲……」

『……天狼星……前輩？』

「不用勉強回我。聽我說就好。」

我騎在加快速度的北斗背上，將計畫告訴莉絲。

「……做得到嗎？沒力氣回我的話，可以叫旁邊的艾米莉亞——」

『……我……試試看。』

「拜託了，莉絲。剩下就交給我吧。」

『……是！』

有點雀躍的聲音傳入耳中時，北斗垂直衝上懸崖，抵達這一帶最高的山頂。

然後擠出所剩無幾的力量，全力撲向炎狼。

「嗷嗚嗚嗚——！」

北斗的速度慢慢開始下降，墜向下方時，我從牠背上跳下來，在空中踩住北斗伸過來的尾巴……

「要上囉！」

「嗷！」

我配合牠甩尾的動作跳出去，如同子彈似的飛向上空。

接著抵達炎狼正上方的高空。

將凝聚至今的魔力集中在指尖，對莉絲吶喊：

「就是現在！」

『……嗯！阿修莉，來吧！』

莉絲向與她一同奮戰的阿修莉下達指示，水巨人立刻發生變化。

頭頂開始朝身體中心開出一個洞，讓我能清楚看見被困在巨人體內，身體縮小到一半以下的炎狼。

以巨人的體積當基準的話，這個洞並不大，炎狼卻因為有地方可以逃出，立刻跳了出來。

我看著炎狼努力鑽過只容得下一個人的小洞，發現一件事。

「……真諷刺。」

強化視力一看，疑似核心的物體旁邊有個人形。

恐怕是當著我的面被炎狼貫穿胸膛的韋格。

正常人被燒成灰都不奇怪，他卻依然維持人形……代表那男人還活著的可能性很高。否則精靈就不會借他力量了。

說不定他是靠炎狼的再生能力維持生命，體會著不斷被烈火灼燒的地獄之苦。誰叫他之前一直用精靈的力量傷害別人。

「我現在……就讓你解脫。願你下輩子遇到更好的人，別再跟多魯加那種卑鄙小人為伍。」

我將提高到極限的魔力解放出來，全力射出的「反器材射擊」，被吸進炎狼正準備衝出來的洞裡，抹消彈道上的一切事物，刺進地面。

從遙遠上空射出的子彈，儼然是天之一擊。

結果……不只炎狼，連巨人的一部分都被我轟掉，但它不愧是用水做的，身上的洞立刻被水填補起來，恢復原樣。

耗盡魔力的我慢慢墜落……

「嗷！」

先行降落到地面的北斗再度躍向空中，把我接住，我平安回到地面，吁出一口氣。

「呼……成功了，北斗。」

「嗷嗚……」

不知不覺，我們回到了可以俯瞰佛尼亞的地方。

我跟北斗一起坐在高臺，呆呆看著城鎮，發現城裡非常吵。

出現兩隻那麼巨大的存在，引起騷動也很正常，但我聽見的並非尖叫聲，而是讚頌米拉及聖女的歡呼聲。

「各位，炎狼解決掉了。那邊的狀況如何？」

『大家都沒事，樞機主教大人也由沒事做的雷烏斯看著，作戰計畫成功了。』

「確實成功了，可是我們全部累得要死。抱歉，都是因為我的失誤，才給你們添這麼多麻煩。」

『也不能這麼說。雖然遇到了危險，佛尼亞現在很壯觀唷。』

「嗯，我看見城裡鬧哄哄的，到底怎麼了？」

『菲亞小姐用風精靈把事情經過傳遍全城。米拉教的聖女藉助米拉大人的力量，從失控的多魯加跟聖騎士手下保護了佛尼亞……這樣。』

「嗯……她是沒說謊啦。」

該說不幸中的大幸嗎？

這起事件八成會讓多魯加的評價跌落谷底，阿修莉則會被奉為守護城鎮的聖女。

拯救佛尼亞的水巨人走向河川，慢慢縮小，回到河流。這樣也不會釀成水災。

「辛苦了，莉絲。妳真的幫上很大的忙。」

『嘿嘿嘿……嗯！』

我想像著莉絲臉上八成是比任何人都還要燦爛的笑容，跟北斗一起回到佛尼亞。

等我回到城內時，阿修莉在神殿外演講。

她向眾人坦承事情經過、多魯加的脫序行為，以及米拉教給許多人造成的麻煩，深深鞠躬致歉。

剛才實際展現了米拉的力量，果然有很大的影響。儘管多少有些不滿意的市民，絕大多數的人都對守住城鎮的阿修莉表示感謝，整個米拉教的團結力及市民的信賴度，反而得到提升。

我看了一眼比起坦承罪行、更接近慶功宴的景象，走進神殿，前往雷烏斯和莉絲所在的樞機主教的房間。順帶一提，北斗在沒人的地方休息。

剛走過去，連門都還沒敲，雷烏斯就幫我開門，八成是聞到我的味道了。

「大哥！你回來啦。」

「辛苦了，雷烏斯。有發生異常狀況嗎？」

「沒有。那些抵抗的人都抓住了，做壞事的人也因為害怕『米拉的制裁』，主動跑來自首。」

「『米拉的制裁』是？」

「大哥你在空中射穿炎狼的那個魔法。大家不知道什麼時候取的名字。」

我問了一下，阿修莉當時把注意力都放在控制水巨人上，好像也以為那是米拉的制裁。

覆水難收，只能祈禱我的魔法不會被當成米拉教的傳說流傳下去了。

「雖然我想應該已經沒有敵人，麻煩你再看守一下。我去幫樞機主教診斷。」

「喔！」

雷烏斯精力十足地點頭，我摸了摸他的頭，走進房間，莉絲坐在樞機主教躺著的床前，看到我便起身走過來。

「天狼星前輩，歡迎回來。幸好你沒事。」

「我回來了。莉絲，再跟妳道一次謝。託妳的福才沒發展成最糟糕的情況。」

「嘿嘿嘿……」

莉絲臉上看得出疲態，卻滿有活力的，大概是因為精神得到了滿足。

我走到床邊，伸手準備幫樞機主教看病，莉絲擔心地觀察我的臉色。

「你還好嗎？今天最好先休息吧……」

「看得出來？我還以為沒有表現在臉上。」

「就算你想藏，我也看得出來。艾米莉亞肯定會更早發現唷。」

畢竟我今天消耗了不少體力及魔力。

「這點程度不成問題。而且只要幫這個人診斷完，今天就可以收工了。」

我笑著告訴莉絲不必擔心，發動「掃描」，將樞機主教身體每一個角落都調查過。

不久過後，原因查出來了，我先詢問莉絲的診斷結果。

「妳的見解是？」

「嗯——她似乎是被藥迷昏的，所以我用我的水把體內的毒洗乾淨。這樣應該就沒問題了……」

「我的看法也一樣。妳處理得不錯，幹得好。」

「太好了。」

簡單地說，就是定期給她吃不會致死的特殊安眠藥，讓她一直處於睡眠狀態。毒素已經被莉絲除掉，過一陣子就會自然醒來吧。

儘管沒有生命危險，這個狀態維持了數個月的樣子，醒來後可能得復健一下。

我邊摸莉絲的頭，邊順口告訴她幾個醫療相關的新知識，然後坐到房內的沙發上，深深吐出一口氣。

我盯著天花板發呆，豎耳傾聽，還聽得見信徒跟市民在外面歡呼，看來阿修莉的演講仍在持續。

「……感覺會拖得有點久。是說，艾米莉亞和菲亞去哪了？」

「去幫忙阿修莉的演講。她們好像在努力讓阿修莉的聲音傳給每一個人。」

「是嗎？那我也休息一下好了。」

「嗯，等她們回來我再叫你。」

雖然覺得在這種地方睡覺不太禮貌，我沒累到需要躺床的地步，再加上現在是緊急狀況，沙發就借躺一下吧。

一閉上眼睛，睡意就立刻襲來，我沒有抵抗，放鬆全身的力氣。

「呵呵呵……」

「……艾米莉亞嗎？」

「是的，是我。」

睜開眼睛，映入眼簾的是艾米莉亞燦爛的笑容。

看來我休息的時候，艾米莉亞讓我躺到她的大腿上睡覺。

她慈祥、溫柔地撫摸我的頭，和當時的艾莉娜媽媽有點像——

「啊啊……讓天狼星少爺躺大腿。我好幸福……」

她因為太高興，表情整個鬆懈下來，害我的幻想瞬間消失。這沒什麼不好，可是艾米莉亞等級似乎還不夠抵達媽媽的境界。

我說服不肯讓我離開的艾米莉亞，坐起身，不只弟子們，連阿修莉和阿曼達都在房內。要做的事很多，她們仍然跑來關心樞機主教，順便休息。

我伸展身體驅散睡意，菲亞露出淘氣的笑容看著我的臉。

「呵呵，你的睡臉真可愛。你難得睡這麼熟耶。」

「因為有雷烏斯和莉絲幫忙戒備，而且得趁能休息的時候好好休息才行。」

如果有陌生人接近或釋放殺氣，我八成會馬上跳起來拔出小刀。

睡覺時是最沒防備的時候，所以上輩子的師父把我訓練成睡覺時身體也會有反應。

我環視大家，確認狀況，摸了下不知何時跑到房間角落趴著的北斗的頭，走近坐在樞機主教旁邊的阿修莉。

「天狼星先生，你身體沒問題了嗎？」

「嗯。妳才是，聽說妳很拚命，不去休息嗎？」

「嘿嘿嘿，其實我已經昏倒過一次。借米拉大人的力量阻止火焰怪物後，我不小心昏了過去……」

她失去意識後很快就醒了過來，更神奇的是身體一點都不累。這也是米拉的力量嗎？

回到佛尼亞時，艾米莉亞告訴我米拉其實是精靈，阿修莉好像並沒有因此受到打擊。

猶豫歸猶豫，最後她依然沒有輸給多魯加的誘惑，貫徹自身的意志，才經過一天就有了顯著的成長。

「那個，真的很謝謝各位。都是因為各位不僅願意借我力量，還教了我許多事。」

「別客氣。對我們來說是個珍貴的經驗，我也很滿足。」

「關於謝禮，請問我該怎麼答謝你們？只要是我們做得到的事，請儘管開口。」

這種時候拒絕也很失禮，總之先滿足當下的慾望吧。

「這個嘛……那我想要能讓大家好好休息的床，還有食物。我不是莉絲和雷烏斯，但我現在肚子餓到不行。」

「好的。我會準備很多食物，請各位不要客氣。」

就這樣，事件平安落幕，阿修莉不帶一絲憂鬱的笑容，耀眼得與聖女之名相符。

《米拉》

處理完米拉教的騷動後，過沒幾天……佛尼亞逐漸穩定下來。

再也沒有人懷疑藉助米拉之力拯救城鎮的阿修莉是叛教徒，她取回了聖女的地位。

另一方面……神殿裡發現多魯加至今以來做過的諸多惡行的證據，再加上協助他為非作歹的信徒的證言，決定將多魯加關進神殿地下的懲罰房。

其中也有人認為該將他處以極刑，但這樣違反米拉教的教義，最後好像打算把他關個幾年，再趕出佛尼亞。

我是覺得太天真了點，然而米拉就是這樣。一介外人沒資格多說什麼。

而且多魯加貪來的錢根本沒找到多少，他至少得在懲罰房待到找到那些錢。

問題是給那些多魯加手下的受害者的補償金，米拉教勉強從為數甚少的財產中挪出錢來，瀕臨負債。

幸好市民們只拿了最基本的錢，剩下都還給米拉教，希望能讓米拉大人使用。

好像還有全額奉還的奇葩。

不僅如此，市民的捐款還自然增加，至少暫時不必擔心多魯加說的財政問題。

之後，導致我介入這起事件的委託——將巴多姆的信交給佛尼亞的公會長——也順利完成。

如情報販子所說，公會長疑似被關在神殿地下的懲罰房，被救出來後像要挽回失態般，在公會努力工作。

『哎呀……真是太感謝了。要是巴多姆先生知道我不小心被人抓住，他會殺了我。』

佛尼亞的公會長是個感覺人很好的中年男子，不停跟前來救他的我道謝。

『我倒覺得繼續被關在那邊也會死。』

『說得也是。對了，關於你的報酬……』

『報酬的話，巴多姆先生已經給過了。』

『沒有啦，其實信上寫著如果事情太嚴重，叫我多補貼你一些。傷腦筋……你幫忙解決這種問題，要付多少錢才夠啊？』

這個委託本來就是我要來佛尼亞才順便接的，重點不在報酬，但我還是收了一些。

對我來說，弟子們得到的經驗才是最寶貴的報酬。把這筆錢拿來煮好料吧。

講點題外話，代替公會長的人果然是多魯加的手下。那人本來打算暗地操縱公會，在多魯加被捕的同時失去蹤跡，剩下的事就交給公會自己處理吧。

到了現在……米拉教神殿的會議室，正在召開重要的會議。

坐在會議室桌前的，是數名地位較高的信徒及市民代表，阿修莉代替療養中的樞機主教坐在上座，阿曼達則隨侍在旁。

決定米拉教未來的重要會議……不知為何我也在場。

與米拉教無關的我在這邊實在很奇怪，不過我是這次最大的功臣，阿修莉又說我非常照顧她，其他人便乾脆地接受了。

沒必要讓我們所有人都參與，因此只有艾米莉亞陪在我身邊。

「呵呵呵……」

艾米莉亞之所以高興得尾巴狂搖，是因為我的實力得到了承認。

「那麼會議到此結束。各位，今天也要好好加油，以免讓米拉大人蒙羞。」

「「是！」」

信徒們報告完米拉教的各種狀況，決定具體對策後，會議到此結束。

問題堆積如山，例如信徒因為多魯加的關係而減少等等，可是每個人的熱情都跟以前大不相同，應該應付得來。

信徒們回去做自己的工作後，會議室只剩下我們跟阿修莉。

「……我要參加這個會議到什麼時候？」

「對不起。可是天狼星先生不時會給予非常有用的建議，那個……我想讓你看看我有沒有成長。」

「妳都說到這個地步了，不參加也不行囉。但我預計這幾天離開佛尼亞，妳該把這一點也列入考量了。」

「那當然。然後，雖然這稱不上謝禮，樞機主教大人同意了，要不要去參觀呢？」

參觀是指去參觀米拉教的聖域。

弟子們說那是座美麗的地底湖，我也很想見識一下，便拜託阿修莉帶我去。外人得先徵求教皇或樞機主教的允許才能進入，所以這件事暫時擱置，昨晚樞機主教醒來了，才終於下達許可。

「真的嗎？那我先跟她打個招呼再過去。」

我用「傳訊」聯絡在神殿內自由度過的弟子們，叫他們到樞機主教的房間集合。

「噢，又能去那邊啊！」

在中庭練劍的雷烏斯聽見大家要一起去參觀聖域，顯得很高興。

「你難得對劍跟食物以外的東西有興趣。」

「因為光待在那個地方就覺得很舒服嘛。我一直很想再去一次。」

看來他也培養出了看見美麗的事物會感動的感性。

「大哥，可以帶馬車裡的釣竿去嗎？說不定釣得到好吃的魚。」

「……千萬別這麼做。」

雷烏斯果然一如往常。

與在廚房做菜的莉絲和跟她學做菜的菲亞會合後，我們來到樞機主教的房間，她坐在床上等我們。

昨天，終於醒過來的樞機主教得知自己沉睡的期間發生了什麼事，大為震驚，為自己什麼忙都幫不上一事感到羞愧，也發自內心為阿修莉的成長感到喜悅。

之後她還跟我們道了謝，告訴我們被下藥前的情況。

數個月前……樞機主教因為身體有些不適，容易失眠，一名信徒為她調製了幫助睡眠的藥。

恐怕那就是她一直臥病在床的原因，八成是多魯加偷偷把藥掉包的。毫不知情的樞機主教吃了那個藥，一直睡到昨天。

現在她因為莉絲的治療，體力漸漸恢復，還有力氣對我們展露溫柔的笑容。

「你們也來啦。找我有什麼事嗎？」

「聽說您允許讓我們進入聖域，我們來向您道謝。」

「呵呵，別客氣，該道謝的是我們才對。而且如果是你們，米拉大人一定也會同意。」

樞機主教年紀相當大，是一名總是面帶微笑、充滿母性的慈祥女性。

儘管沒有血緣關係，正因為是在這樣子的人的守護下，阿修莉才會成長得如此純潔無垢吧。

直接去聖域參觀也是可以，在那之前，先幫樞機主教診斷一下好了。

我徵得樞機主教的允許，握住她的手發動「掃描」。

「……看來沒有問題。之後只要慢慢增加走路的時間，應該就能跟以前一樣正常走路。」

「是嗎，太好了。教皇大人也很擔心，我得早點恢復才行。」

「早點恢復……教皇大人會回來嗎？」

「不曉得，但我覺得他快回來了。阿修莉也明白吧？」

「……以教皇大人的個性，確實如此。」

不知為何，教皇放著神殿不管出去傳教，兩人對他的信賴卻堅定不移。

其實其他信徒也一句話都沒抱怨，笑著說「教皇大人就是那樣」，是個謎團重重的人。

除此之外，我還有許多問題想問，無奈樞機主教才剛醒過來，我便決定就此打住。

之後我們經由祈禱之間的密道，來到米拉教的聖域地底湖。

「原來如此……真壯觀，的確值得一看。」

地底湖四周充斥純淨的魔力，待在這裡會有一種心靈被洗滌乾淨的感覺。我望向旁邊，北斗好像也很舒服，搖著尾巴四處張望。

湖水非常清澈，這座湖卻深到即使如此還是看不見湖底。

我雖然不是雷烏斯，還是會好奇裡面有沒有生物，著手調查，站在莉絲旁邊的阿修莉開口問道：

「莉絲小姐，米拉大人現在在這裡嗎？」

「當然在呀。她好像在湖底，發現我們——」

不能怪莉絲話只講到一半。

因為我們望向地底湖的同時，一顆光球從湖面飄了上來。

大小跟我的手掌差不多，明顯寄宿著比北斗更加龐大的魔力。

但那顆球一點都不可怕，散發著令人看得出神的溫柔光芒，飄到莉絲前面輕輕晃動，彷彿在表示什麼。

「難道是米拉大人!?」

「這就是米拉!?可是連我都看得見耶……」

「使用儀式的裝置時明明看不見，現在我也看得見呢。」

「……咦？所以妳才特地出來嗎？」

看得見歸看得見，聲音倒只有莉絲能聽見的樣子。

和米拉溝通完後，莉絲對我們說明事情緣由。

「呃……簡單地說，米拉大人想讓我們看見她，所以她努力了。」

「這種事努力就能做到呀？」

「因為這裡有很多水精靈。這麼做會很累，所以她平常絕對不會這樣，不過她想跟我和阿修莉的夥伴打招呼……」

莉絲說米拉是高階精靈般的存在，看來她挺有禮貌的，竟然還想跟我們打招呼。

所有人簡單自我介紹完後，米拉再度跑到莉絲前面晃來晃去，似乎想告訴她什麼。

「……哎唷，我很高興，可是不能這樣啦！」

「米拉跟妳說了什麼？」

「其實從我們第一次見面的那時候起，米拉大人就不時會跑來找我說話。」

好奇心旺盛的米拉，問了許多莉絲的情報。

莉絲跟她聊了故鄉、家人，以及之前的旅行經歷後……

「她說她想跟我一起走。我拒絕她了，因為她是米拉大人……」

「米拉大人!?」

不能怪阿修莉這麼驚訝。

佛尼亞的中心米拉大人要離開這裡，可是前所未有的狀況。

這個念頭扯到我無法為她說話，不過精靈就是如此隨心所欲的存在。最恐怖的是足以讓米拉不惜離開佛尼亞，也要與她同行的莉絲的魅力就是了。

從莉絲的表情看來，事情並沒有嚴重到哪去，可是阿修莉聽到米拉想離開，露出泫然欲泣的表情看著米拉。

「米拉大人……」

「妳看，妳要丟下阿修莉嗎？妳不是一直在守護她嗎？」

莉絲彷彿在對小孩子說教的模樣，與這夢幻的景色格格不入。

聽莉絲這麼說，米拉像在掙扎般，於空中飄了一會兒，最後繞著阿修莉飛來飛去。

「米拉大人跟妳說對不起。她說果然還是沒辦法丟下妳，決定留下來。」

「米拉大人……謝謝您。」

阿修莉看著飛到手掌上的米拉，轉頭望向莉絲，一臉嚴肅。

「莉絲小姐，我明白最好不要講這種話，但我還是想問妳。妳願意留在佛尼亞嗎？以莉絲小姐的能力，不但能引出米拉大人的力量，也能成為比我更優秀的聖女……」

「……對不起唷，我想跟大家一起多看看這個世界。」

「沒關係……請妳不要在意，我就知道莉絲小姐會這樣說。」

阿修莉不怎麼難過，或許是早已預料到莉絲的答覆。

「那個時候主要由我操控米拉大人的力量，可是只要有想守護佛尼亞的堅定意志，妳一定也有辦法一個人做到同樣的事。」

「真的嗎！那在你們啟程前，請多教我一些精靈的知識。」

「沒問題！」

莉絲不僅能力優於自己，還得到米拉的寵愛，阿修莉卻一點都不嫉妒她。

可見她多麼尊敬、崇拜莉絲——不對，我猜她從這個時候起，就將莉絲視為目標了。

兩人之間的羈絆更加強烈，迎接美好的結局……米拉卻並非如此。

她突然離開阿修莉，移動到湖上開始震動……

「怎麼了!?」

「大哥，你看。米拉變多了！」

「真的耶，我從來沒遇過這種事，真新鮮。」

光球綻放光芒，分裂成兩顆。既然她是精靈之類的存在，稱之為分靈或許比較正確。

「原來如此。有兩個的話，其中一個就能跟著莉絲了。」

「她這麼想跟莉絲姊一起走喔。」

「看得出她很喜歡莉絲。」

變成兩顆的米拉無視在一旁感嘆的我們，開始繞著莉絲旋轉……感覺不太對勁。

她的動作莫名激烈……再說，莉絲為何面帶苦笑？

「怎麼了嗎？」

「那個……她們在吵哪一個要跟我一起走。」

表面看來是很夢幻的畫面，結果竟然是在爭奪莉絲。

雙方都不願退讓，我們只得乾笑著等待這場戰爭落幕。

參觀完聖域，與阿修莉道別後，我們回到各自的房間，發現神殿裡不知為何有點吵。

信徒們著急地跑來跑去，我攔住附近的信徒詢問原因，結果是米拉教的領導者——教皇回來了。

「大哥，要怎麼做？」

「我們借住在神殿，最好盡早去跟人家打聲招呼。」

「請阿修莉幫忙介紹應該比較快。不曉得她現在在哪裡。」

聽說教皇把阿修莉當成自己的女兒疼。

「我記得……阿修莉大人正在淨身，大概會花一點時間。」

「那就沒辦法了。教皇又不是敵人，我們直接去見他吧。」

教皇似乎在樞機主教的房間，我們便移動到那邊，看見樞機主教床前坐著一名面帶柔和笑容的男子。

或許是因為剛從外面回來吧，那人身穿看得出使用痕跡的法袍，年紀與樞機主教差不多。

乍看之下是個隨處可見的男人，卻會讓人放鬆下來，感覺很隨和……擁有一股難以言喻的魅力。

身穿法袍的男人旁邊，站著一名氣質跟他完全相反的高齡男子，像要觀察我們似的看過來。從那身冒險者風的裝扮來看，推測是教皇的專屬近衛吧？

「哦？這幾位就是妳說的客人嗎？」

「嗯，是呀。他們是阿修莉的救命恩人。」

面帶柔和笑容的男人是教皇，冒險者風打扮的則是教皇的護衛。

這名男子長年來都在擔任教皇的護衛輔佐他，過去還當過米拉教的聖騎士。

雖然我們沒交談過……我看得出來。

他恐怕是這座城市最強的男人。也是啦，只有兩個人就踏上傳教之旅，沒有一定的實力不可能活得下來。

「初次見面，教皇大人。我是冒險者天狼星，現在承蒙樞機主教大人及聖女大人的盛情款待，借住在神殿裡。」

「不必對我那麼恭敬。我知道你們拯救了米拉教，誠心歡迎你們。好好在神殿裡休息吧，別客氣。」

我端起教皇泡的紅茶喝，他突然緊盯著我的臉看。跟前聖騎士充滿魄力的眼神不同，是彷彿能看透人心的澄澈目光。

我沒做什麼虧心事，所以並未移開目光，教皇見狀，笑著點了好幾下頭。

「嗯……天狼星的內心看起來挺複雜的，但感覺不到邪氣。不好意思，只有口頭上的道謝。謝謝你們為米拉大人及阿修莉提供協助。我以米拉教代表的身分，向各位致上深深的謝意。」

「感謝。」

光用看的就能看穿對方的本質……看來這位教皇並非浪得虛名。

教皇向我們低頭致謝，前聖騎士也跟著低下頭。

「請您抬起頭來，這是我們自願做的事。」

「嗯……阿修莉真是遇到了一群善良的人啊。」

「對呀，真的是。這也是多虧米拉大人的引導。」

我不清楚這兩位的關係，不過他們相處起來跟老夫老妻一樣。

明明是導致米拉教崩壞都不奇怪的重大事件，他們卻一點危機感都沒有的樣子。

前聖騎士可能也習慣了，看著房門冷靜地開口。

「對了教皇，多魯加要如何處置？」

「他嗎？真是給我惹了個大麻煩。」

「還以為他不是那種人呢，看來我的直覺也不靈了。現在他被關在地下的懲罰房，你有什麼打算嗎？」

「這是眾人討論過後做出的決定吧？由不在場的我插手並不合適，這樣處理沒問題。就結果來說，阿修莉長大了啊。」

「嗯，真的長大了。」

怎麼看都是為孫女的成長高興的爺爺奶奶。

這樣講雖然有點過分，這種跟春陽一樣的教皇和樞機主教，竟然有辦法讓米拉教撐到現在……

「但我身為教皇，總不能放著他不管，乾脆去看一下好了？」
「不，時間不早了，建議您明天再去。」
八成是因為前聖騎士在暗地支援他。
他委婉地建議教皇不要去見多魯加，隱約散發出一股處刑人的味道。
這人恐怕跟我一樣……是經歷過社會黑暗面的人。
「對呀，教皇大人。你才剛回來，今天請你好好休息。阿修莉最近學會做菜了，我想她今晚會為你下廚。」
「真令人期待！那就明天再說吧。」
教皇笑著期待與阿修莉共進晚餐，前聖騎士默默在一旁低下頭。

※　※　※

「讓您久等了。」
深夜……神殿地下的懲罰房，傳來上鎖的堅固牢門敲響的聲音。
現在在門後的人只有多魯加，他被關進懲罰房後，一直帶著空洞的眼神坐在那裡，聽見敲門聲便緩緩站起來。
「太慢了。不能快點來嗎？」

「十分抱歉，花了點時間才潛入這裡。」

「哼，也罷。假裝犯痴呆真的很無聊，終於可以解脫了。」

戴面具的男子用鑰匙打開懲罰房的門，有點變瘦的多魯加從中走出。

他犯了重罪，上頭並沒有允許他離開懲罰房。

這明顯是逃獄。

在面具男子的安排下，多魯加成功逃出神殿，沒被任何人發現。

原因在於男子選擇的是無人的通道，再加上神殿沉浸在教皇歸來的喜悅中，疏於警戒。

多魯加與面具男子用附兜帽的斗篷遮住身體，靜靜在城裡移動，與門衛交涉，順利來到城外。

兩人在被月光照亮的街道上奔跑，運動不足的多魯加很快就耗盡體力，癱坐在附近的石頭上。

「呼……呼……休息一下。你身上有沒有水或食物？我肚子太餓，使不出力氣。」

「那麼請用這個。小心別喝太多。」

面具男子拿出裝肉乾及紅酒的行囊，多魯加笑著接過。

「哼……想不到我竟會淪落到在這種鬼地方啃肉乾。有酒喝算是唯一的救贖吧。」

「我按照您的指示帶您到這裡了，請問之後要往哪個地方走？」

「西南方的森林深處，有個我拿來當藏身處的洞窟。到那邊去。」

「只要藏身就行了嗎？我認為逃到更遠的地方比較好。」

「我知道。去那邊是要把我存的錢拿回來。」

多魯加邊喝紅酒邊說，把錢拿回來後，他要趁神殿派人抓他前，離開這塊大陸。

「不必擔心，我會付你一大筆酬勞，讓你暫時可以每天只顧著享樂。」

「那麼，您打算直接逃掉嗎？不用報復那些害您淪落至此的人？」

「報復又填不飽肚子，也賺不了錢。我手上的錢已經夠多，直接離開也無妨……唯獨那個妖精有點可惜。可以考慮去其他城鎮雇傭兵把她抓過來。」

「是嗎……」

或許是因為好幾天沒喝酒，導致他醉得比較快，多魯加沒發現自己被套話，滔滔不絕地說。

最後他連如何偽造神諭儀式的方法都說出來了，嘴巴依然沒閉上。

「話說回來，那群人真笨。就是因為他們天真到連處決犯人都不敢，才會丟掉那麼多錢。」

「原來如此。您被抓住還那麼冷靜，是因為相信自己不可能被殺。」

「比起自己冒險賺錢，利用那種白痴更安全。沒能把那群人榨乾，還是挺可惜的。」

「……差不多該出發了。我負責帶頭，不過這裡是城外，行囊裡有一把小刀，為求保險起見，請您把它帶在身上。」

「嗯，說得也是。」

面具男子確認多魯加拿出小刀後……

「什麼啊？這刀怎麼沒刀鞘──嗚!?」

他抓住多魯加的手腕往後一扳，將小刀刺進胸口，看起來有如自殺。

面具男子毫不躊躇地施力，將一半的刀刃插進胸口，放開多魯加。

「你、你這傢伙!?背、背叛……」

「不好意思，我不記得我是你的同夥。」

「什麼!?你為什麼……會在這裡……」

我將聲音調整回來，拿下面罩露出真面目，多魯加震驚地指著我。

「我就想說你一定會留退路，如我所料。」

他的計畫是在懲罰房裝成精神崩潰，讓別人大意，再靠雇來以備不時之需的人幫他逃出去。

本來受雇的男人是從其他大陸漂泊過來、被逐出那一行的人，與米拉教毫無關係。

我趁那傢伙準備潛入神殿時將他弄暈，扔進其他間懲罰房，代替他出現在多魯加面前。

「你……竟敢對我做這種事……」

之所以這麼大費周章地把他帶出來，是因為我有很多事想問他。來到外面的安心感，以及我加進酒裡的類似自白劑的藥，讓他一下就全招了。

「該……死。只要……沒有你攪局……」

「結果不會改變。」

沒有我的話，你確實可能逃得掉，然而事實並非如此。

畢竟盯上多魯加的人……

「你要不要出來了？」

「……你發現了嗎？」

不只有我。

從附近的岩石後面現身的，是擔任教皇護衛的前聖騎士。

他現在的裝扮不是白天看到的冒險者風，而是能混進黑夜、以黑色為主的服裝。

沒錯……就算我什麼都不做，多魯加也會被前聖騎士除掉。

我跟慢慢走過來的聖騎士四目相交，互瞪了幾秒分出勝負後，對前聖騎士說道：

「……您從我離開神殿時就跟在後面了對吧。不只腳步聲，連氣息都徹底隱藏住了，漂亮的技術。」

「你才是，在這麼短的時間內把多魯加帶到這裡，能力值得稱讚。」

「謝謝誇獎。那麼，我把這個男人帶出來，您要逮捕我嗎？」

「這個嘛，以我的身分來說是必須逮捕你沒錯，但我現在有其他工作要做。」

前聖騎士走向掙扎著試圖拔出小刀的多魯加，凝視他的臉。

「啊……嗚……救、救救我！那個男人想殺——」

「救你？你不是想自殺嗎？」

「你在……說什麼……？」

「被罪惡感壓垮，最後選擇自盡嗎？聽說你在懲罰房被關到痴呆，自殺的可能性並不低。」

「嗚……你、你在胡說八道什麼！」

多魯加一邊吐血一邊怒吼，前聖騎士只是冷冷看著他。

「說我胡說八道……？把教皇的歸處搞得一團亂，你還覺得自己逃得掉？」

「不……不對……那是……」

「教皇的敵人必須排除。」

他用手掌將小刀壓得更深，刀刃便輕鬆貫穿多魯加的心臟。

伸出來求救的手從空中落下，多魯加陷入永恆的長眠。

前聖騎士確認多魯加已經斷氣，警戒地望向我。我從他身上感覺不到殺氣，應該是沒打算跟我打。

「我很想說下一個就輪到你，不過這個人預計在懲罰房被發現。所以，你擅自帶他出去的罪行也不存在了。」

「那麼劇本是這種感覺對吧？」

被關進懲罰房的多魯加，因為罪惡感導致精神崩潰，連飯都吃不下。

來救他的男子並不知情，想先拿食物給他吃，便將行囊交給他，多魯加卻用裡面的小刀自殺了。

碰巧來巡邏的前聖騎士抓住那名入侵者，發現多魯加死在懲罰房……差不多這樣吧？

聽完我擬定的情節，前聖騎士苦笑著點頭。

「不就是你設計成這樣的嗎？特地趁他握住小刀的瞬間動手……計算得真仔細。」

「原因除了我個人的堅持外，要是多魯加被殺這件事傳出去，不只會影響米拉教的形象，教皇跟阿修莉也會難過。」

「你很懂嘛。雖然我心情有點複雜，你幫我省了不少功夫，還是跟你道個謝。」

若要假裝成自殺，由我從後面刺殺他後，再讓多魯加握住小刀即可，但因為上輩子的習慣，不做到這個地步我無法放心。不在凶器上留下指紋或味道還是最好的。

「不過……沒必要把他帶到這種地方吧。如果有特殊理由，希望你跟我解釋一下。」

「我想趁他逃出神殿，鬆懈下來後問出他的真心話，但最主要的理由是我想親手解決掉他。」

若他只想逃走，我本來打算弄昏他後交給前聖騎士，然而他都淪落至此了，還想著要擄走菲亞，哪能讓他活著。

而且在懲罰房動手，可能會被弟子們發現。

「……我明白了。你不只拯救了米拉教，還救了我妻子跟阿修莉，我就睜一隻眼閉一隻眼吧。」

「感謝您。」

之後我才知道，樞機主教好像是前聖騎士的妻子。

教皇則是樞機主教的哥哥，前聖騎士不只是因為教皇是自己的大舅子，而是純粹仰慕教皇，才對他發誓忠誠。

「那麼，我們也該回去了。萬一有人發現多魯加不在會很麻煩。」

我用自備的毯子裹住多魯加的屍體，準備像扛行李一樣把他背起來，前聖騎士卻代替我接了過去。

「我來吧。雖然他現在是這種狀態，生前好歹是米拉教的信徒。」

「謝謝。」

「無須道謝。順便說一下，跟我講話可以不必用敬語。」

「我不能對年長者這樣說話……」

「我沒有蠢到用年齡或外表下判斷。而且徹底看穿我行動的人對我用敬語，只會令人不快。」

憑視線互相推測對方的行動，是高手間的戰鬥方式。看來藉由這場戰鬥，前聖騎士也認同跟我的實力差距了。

「真是的，我從來沒有第一步棋被人統統封死過。世界還真大。」

就這樣，清理完現場的我們，混進夜色中離去。

時間已過深夜，背上又背著多魯加的屍體，我們看起來想必相當可疑。直接進入城內，門衛肯定會阻止，不過我們走的是前聖騎士知道的密道，若無其事地回到神殿。

將多魯加的屍體扔進懲罰房，做好其他處置就可以收工了，然而不知為何，我們都沒有要解散的意思，便來到城裡的小酒館。

前聖騎士好像是這家酒館的熟客，我們在不只客人、連店長都沒有的店內，一面小酌一面聊天。

「這起事件……要是沒有你們，我八成得忙著善後，把相關人士統統處理掉。」

「真是討厭的工作，雖然我沒資格這麼說。」

「這是我自己選擇的道路。我要做的只有不斷戰鬥，以守護教皇、妻子跟阿修莉。」

「可是……之後不會有問題嗎？你的身體快撐不住了吧。」

「我明白。所以我正在培育後繼者。有個只有熱情和毅力能看的傢伙，但他還有許多不足之處就是。」

他說的後繼者是傳教時認識的小孩，名為克里斯。

前聖騎士打算將自己的技術傳授給他，讓他未來當上聖騎士，擔任阿修莉的護衛。

「前幾天他第一次見到阿修莉，在那之後就變得比以前更有幹勁。一見鍾情啊……真年輕。」

「論熱情和毅力，我家的雷烏斯也很厲害喔？」

「那個銀狼族男人嗎？確實是優秀的戰士。聽說是被你訓練出來的，你一定很驕傲吧。」

「他是我自豪的徒弟。不過……雷烏斯還能變得更強。那傢伙是總有一天會超越我的人才。」

……原來如此。

也許是因為他感覺跟上輩子的我有點像，我才會想跟他聊幾句。

我們跟笨蛋父母一樣，聊著自己的徒弟。

隔天早上，多魯加在懲罰房自殺的消息傳了開來。

大致上都按照我想的劇本進行，唯一的不同之處是被我掉包的男人遇到前聖騎士，主動攻擊他，被前聖騎士解決掉了。

多魯加引發了這起撼動米拉教的事件，因此大部分的信徒都一副他罪有應得的態度，不過也有一些人覺得他人品高潔，算是唯一的救贖吧。

不出所料，教皇跟阿修莉得知多魯加死了，非常難過，前聖騎士說他是因為信仰米拉大人，無法承受罪惡感，才會選擇自殺。

「這樣啊。雖然他沉溺在欲望中，對米拉大人的信仰仍是發自內心的……」

「他只是不小心走歪了一些。我們應該記取教訓，以免發生同樣的事。」

「是！身為聖女，我也會努力加油，引導大家！米拉大人會一直守護我們。」

教皇與前聖騎士都回來了，米拉教應該也沒問題了吧。

我判斷是時候踏上旅程，帶著弟子們告訴阿修莉我們即將離開。

「要走了嗎!?我們還沒報答完各位的恩情呢。」

「已經夠了啦。我們不僅見識到罕見的聖域跟儀式，還多了新的夥伴——雖然感覺有點複雜。」

尤其是神諭的儀式，我非常感興趣。

正確地說……是舉辦儀式的魔導具。

得到教皇和阿修莉的允許後，我調查了那個魔導具，發現各種資訊。

那不是用來跟米拉——精靈溝通的東西，而是增幅器之類的道具。否則只有阿修莉聽得見米拉的聲音太奇怪了。

本來只有莉絲和菲亞這種適應度一百的人，才聽得見精靈的聲音，只要使用那個魔導具，適應度九十九的人也聽得見。

而那個適應度九十九的人就是阿修莉，講白了點，真的非常可惜。

按照這個邏輯，表示聽得見神諭的多魯加也跟阿修莉一樣，但他是藉由某個機關假裝米拉下達了神諭，並不是因為適應度高。

多魯加說那是他碰巧發現的，我按照他提供的情報調查……

『……為什麼要設置這種東西。』

是個可以讓頭上出現光球，搞得跟米拉降臨一樣的魔導具。

經過調查，除了拿來照明外沒有任何意義，老實說根本是沒用的功能。

然而，在找到某個東西的瞬間，我心中的異樣感消失了。

『原來如此。真是……那個人還是老樣子，搞不懂在想什麼。』

雖說我具備魔法陣的相關知識，能在短時間內分析完如此複雜的魔法陣，是因為我曾經看過類似的東西。

紋路及文字等整體構造，跟我上輩子看過的機械一樣。

除此之外，我對於那個刻在魔導具邊緣、疑似製作者簽名的圖案有印象。

『若是如此，與其說這東西沒用，不如說只是做好玩的吧……』

開在樹上的花瓣，加上一把單調的小刀……只有師父會用這麼不吉祥的簽名吧。

師父本來就是個謎團重重的人，現在越來越神祕了。

『算了。碰到那個人，在意這種小事也沒用。』

考慮到師父喜歡發明的個性，總覺得那個人做的魔導具不會只有這一個。

這邊這東西還算可以用，之後如果發現被用來為非作歹的魔導具，最好考慮將其破壞。

『畢竟我好歹是那個人的徒弟。』

這一刻，用以增廣見聞的旅程，增加了一個目的。

「儘管發生了許多事，這一趟來得非常值得。而且我們是冒險者，不能停留在同一個地方。」

「別那麼沮喪嘛。我們還會再來的……好不好？」

「嗯，去過一次的地方又不是不能再去。我們會回來看米拉教跟妳成長後的模樣的。」

阿修莉在某種意義上來說，等於是莉絲的徒弟。

我自己也很好奇她的成長，總有一天一定要回來看看。

旅行所需的物資，他們幾乎是免費贈送，最快明天就可以出發……

「嗚嗚……我明白了。這樣的話，可以請各位再待三天──不，兩天就好嗎？」

「天狼星少爺……」

「大哥……」

「天狼星前輩……」

「多待幾天也無所謂吧？反正又不會無聊。」

「……拿你們沒辦法。」

拖得越久越會捨不得分離，因此我本來預計明天啟程，結果我還是贏不了小孩子的眼淚。而且還多了三個小孩。

於是，我們決定延期出發。

《終章》

兩天後……我們在神殿前集合，準備離開佛尼亞。

一切都準備就緒，只剩下跟大家道別。除了阿修莉以外，神殿前還聚集了一堆人。

可能是因為教皇、樞機主教和聖女都在，但也有不少純粹對我們胸懷謝意，來跟我們道別的人。

大家在修復韋格燒掉的建築物時混熟了，莉絲則因為幫忙治療傷患，受到眾人的景仰，也有崇拜北斗的獸人，所以比起道別，更接近一場小型祭典。

「普通的冒險者，竟然有辦法吸引這麼多人。」

「證明大家很喜歡你們呀。隨時都可以再來玩唷。」

「下次來的時候也住神殿吧，不用客氣。我會熱烈歡迎你們。」

「我很期待。」

我們和教皇、阿修莉及其他市民握手道別後，坐上馬車出發。

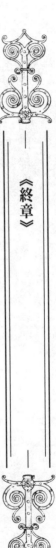

等到一直對我們揮手的阿修莉消失在視線範圍內，來到城外，我輕輕吐出一口氣。

跟會用精靈魔法的人戰鬥、遇見被叫做女神的精靈……雖然只待了一個月左右，真是充實的時光。

我坐在駕駛座上，沉浸在回憶中，艾米莉亞為我泡了紅茶，坐到旁邊。

「您怎麼在發呆？」

「沒什麼，只是在想待在佛尼亞的期間比想像中更混亂……」

「是的。不過收穫也很多。」

「嗯，是一次寶貴的經驗，更重要的是莉絲有了顯著的成長。可是……」

我回過頭，坐在馬車後面欣賞風景的莉絲發現我在看她，歪過頭問：

「怎麼了嗎？」

「沒有，我們在說妳成長了。對了……她現在也在那邊嗎？」

「嗯。她好興奮喔，我花了好多力氣才讓她冷靜下來。」

「我沒有把那當成玩笑話，但她真的跟過來，感覺好複雜唷。離開佛尼亞後就更這麼覺得了。」

莉絲旁邊的菲亞苦笑著說，我深有同感。

雖說是分靈，我們的旅程可是多了個被當成女神崇拜的精靈。

現在她好像在莉絲身邊高興地飛來飛去，我看不見就是了。

我看著溫柔地跟精靈說話，彷彿在安撫小孩的莉絲，下車跑步訓練的雷烏斯也加入對話。

「欸，結果是哪一個米拉跟來了？」

「嗯、嗯……該怎麼說呢。」

「雙方都是米拉，哪一個跟來都沒差吧？」

「那是不是該幫跟我們在一起的精靈取個新名字？她是我們的新夥伴嘛。」

「雷烏斯難得這麼聰明。」

「這主意還不錯。菲亞覺得呢？」

「……我不太推薦。之前不是說過精靈嫉妒心很重嗎？」

想用其他屬性的魔法的話，精靈會嫉妒並妨礙主人使用魔法的那個嗎？

這跟取名字有什麼關係？

「精靈存在於世界上的每個角落，可是精靈不可能一直跟著同一個人，過一段時間就會自己跑掉。」

也是，如果精靈會一直跟著自己，只要環遊世界一圈，就會有一堆精靈跟過來。

我猜精靈會在密度到達一定程度後自然分散，藉此取得平衡。簡單地說，就是有類似地盤的東西吧。

意思是像跟著我們的米拉這樣，同一隻精靈一直跟隨同一個人，是前所未有的案例。

「所以，幫那孩子取名字的話，她雖然會很高興，其他水精靈搞不好會吵著要妳也幫他們取名，瘋狂聚過來。而且還是每當有新精靈接近的時候都來一次。」

儼然是無限命名地獄……

「我講得一副很懂的樣子，這種狀況我也從來沒碰過，不能斷定啦。」

「是嗎？反正我們不太會叫到精靈的名字，乾脆維持現狀——」

「哇!?」

維持現狀也無妨——我話講到一半，莉絲附近突然有什麼東西在發光，空中出現好幾顆水球。

「該不會……」

「嗯，她在吵著要我幫她取名字。她說米拉是守護神殿的那個，自己不是米拉。」

「已經在表示自己是不同的存在了嗎？」

真是自我主張強烈的精靈。

「她說她會負責管教其他孩子，拜託我幫忙取名……」

米拉是水精靈中較為高階的存在，可以命令其他精靈，叫他們不要吵。

總之，她好像在拚命對莉絲承諾不會有其他精靈聚過來，莉絲便決定為她命名。

「那……妳的名字就叫奈雅。以後請多多指教囉，奈雅。」

水球如同跳舞般在空中飛舞，看起來很高興有了名字。

繼妖精之後，接著是精靈加入，全是並非常人的夥伴，兩者都相當可靠。

「真是的！馬車上有布，不可以亂召喚水！」

然而精靈是天真如孩童的存在，教育起來應該挺辛苦的。

就這樣，我們帶著新夥伴——奈雅在街道上前進，來到東西向的岔路，暫時停下馬車，拿出地圖，大家一同確認。

「大哥，之後要去哪裡？」

「西邊的道路比較崎嶇，但離下一座城市比較近呢。」

「這條路雖然平緩，卻要繞一大圈遠路。不過途中可能會看見有趣的東西。」

下一個目的地是阿德羅德大陸中心的巨大湖泊。

看起來西邊是捷徑，東邊則要繞遠路……

「那走東邊好了。路上好像有塊不錯的營地。」

我們旅行的目的是增廣見聞，不會被時間束縛。

因此不用選什麼捷徑，慢慢來即可。

「該出發囉。有狀況立刻報告。」

「「「是！」」」

「嗷！」

「呵呵，接下來會有什麼新奇的東西在等待我呢？」

「嗯，真令人期待。」

弟子們日漸成長。

與我一同照顧他們的菲亞和北斗。

我細細品味著能跟可靠又心愛的人在一起的幸福滋味，對北斗指示前進路線。

番外篇《最強與最強衝突之時》

——萊奧爾——

那一天，老夫來到艾琉席恩學園的鬥技場。

因為等等有重要的互相殘殺——不對，特殊的比賽在等待老夫。

「嗯……不錯嘛。」

老夫在鬥技場的等待室揮動終於重新打磨好的大劍，滿意地點頭。

那個短腿老頭動作雖然慢得莫名其妙，也只有他鍛造得出老夫用得如此順手的劍。

老夫揮著許久沒碰的好夥伴，等待室的房門在敲門聲傳來的同時打開。

「當千先生，已經準備好了，請到擂臺上來。」

老夫回過頭，一名頭上有對兔耳朵的女隨從走了進來。

記得這傢伙是……對了，是那些跟老夫學劍的士兵的主人——莉菲爾小妹妹的隨從。

「嗯，這就去。」

在那名隨從的帶領下，老夫來到擂臺。

為了鍛鍊小妹妹手下的士兵，這地方老夫來過好幾次，所以老夫說不必帶路，她卻苦笑著回過頭。

「不盯著當千先生太危險了。」

「沒這回事吧。嗯……這個點燈的魔導具以前應該沒有啊，看了就手癢。可以砍了它嗎？」

「我才剛說要盯著您……這是羅德威爾大人做的最新式魔導具。若您真的砍下去，今天的晚餐會減量，這樣您還要動手嗎？」

「難怪老夫看到這東西會那麼想砍。但晚餐萬萬不可減量，還是放棄吧。」

老夫有種一舉一動被人掌握住的感覺……罷了。

之後，老夫無視了好幾個想砍的東西，來到賽場，迎接老夫的是震耳欲聾的歡呼聲。

嗯，讓人想起之前老夫贏過好幾次冠軍的那個鬥技……鬥武……鬥什麼來著？名字忘了，總之是老夫跟許多人交手，贏得冠軍的比賽。

和那個比起來，觀眾數量遠遠不及啊。

完成任務的隨從站在原地目送老夫，老夫持續向前，看到那個叫羅德什麼鬼的妖精站在擂臺中央。

那傢伙還是老樣子，一臉什麼都知道的踐樣，看了就不爽。

「你來了啊。看來你的武器終於弄好了，不過你真的想只靠那把劍跟我戰鬥嗎？」

「老夫的武器就只有這傢伙。你才是，輸了可別拿準備不足當藉口。」

「嗯，我明白。那麼……開始吧。」

「行。讓你知道你的魔法遇到老夫的劍，一點屁用都沒有！」

老夫拿起大劍，那傢伙則集中魔力，等待比賽開始的信號。

觀眾席似乎用那傢伙做的魔法陣展開了防護罩，保護觀眾，也不知道那東西是否承受得住老夫的攻擊。

因此老夫事先告訴他們會有危險，還是有不少不要命的觀眾來觀戰。

其中老夫認識的人，有莉菲爾小妹妹和她的隨從，以及跟老夫交手過好幾次的小鬼。

此外還有幾個和老夫打過的城裡的士兵。

那傢伙的徒弟——看起來缺乏鍛鍊的年輕小夥子，用風魔法提高音量，站起來向空中射出炎槍。

『多說無益，請兩位注意不要做得太過頭。比賽……開始！』

比賽開始的瞬間，那傢伙用力揮下雙臂，空中便出現數不清的火焰、石塊、風刃、水球，不停朝老夫射過來。

「要上了！元素之力。」

數量多到老夫懶得計算，要做的事只有一件。

「唔喔喔喔——！」

正面突破！

無數的魔法緊逼而來，老夫將其用劍砍下，奔向前方。

也可以說除此之外別無他法。

「真是，你依舊強得跟怪物一樣！」

「管你用多少魔法，速度這麼慢，老夫都要打哈欠了！」

體驗過天狼星的速度，再加上為了砍中那傢伙而練出的技術及視力，他的魔法看起來慢到極點。

若是以前的老夫，可能會把所有的魔法統統砍了，現在老夫卻只瞄準會命中的魔法，省了不少力氣。

這也是跟天狼星切磋時學到的。

「你變得跟以前完全不一樣了？這把年紀了還在進化，真是恐怖的存在！」

「怎麼啦！你的真本事不會只有這點程度吧！」

「這還用說！『土工』。」

「唔!?」

那傢伙用力往地上一踩，剛把火球砍掉的老夫腳邊出現一個大洞，害老夫掉了下去。

這洞感覺不怎麼深，底部卻有好幾根用土做的長槍，這樣下去肯定會被刺成肉串……

「太嫩了！」

老夫朝洞底揮劍，用劍壓將土槍盡數轟飛。

然後平安落地，抬頭望向上方，準備逃出……

「還沒結束！來吧，看你怎麼逃？」

一顆足以將洞穴完全塞住的巨大岩石直線墜落。

原來如此……看來那傢伙想殺了老夫。

不過……很好！

非常好！

這種緊張感會讓老夫變得更強！

可惜……

「太天真了！呣喔喔喔喔喔喔喔喔——！」

老夫發動「增幅」，高高舉起大劍，躍向巨石。

然後用劍將石頭砍成四半，拿其中一半當踏腳石在空中移動，逃出洞穴。

那傢伙八成也知道老夫不會被這招幹掉。他趁老夫逃出洞穴的期間移動，好不容易拉近的距離又被拉開了。

罷了。對於用魔法的人來說，被對手接近足以致命，選擇拉開距離再正常不過。

「我覺得那塊石頭挺硬的，果然被你砍碎了嗎？」

「再怎麼硬終究是石頭。老夫的剛破一刀流沒有砍不斷的東西！」

「你在開玩笑——不，你不是會說玩笑話的人。持久戰果然對我不利，我要一口氣分出勝負。」

那傢伙從懷裡拿出石頭，扔到地上，龐大魔力擴散開來的同時，數十隻鐵人偶出現在老夫周圍。

那顆石頭……是魔石。以那傢伙的實力，不用靠那種東西也能製造出同樣的鐵人偶，為何要依賴道具？

「你確實很強，可是你的攻擊手段只有那把劍。因此只要以數量為重，贏不了你的東西也能絆住──」

「喝啊啊啊啊──！」

「聽我說完啊！我在指出你的弱點耶！」

誰管你！

無論敵人多麼強大，無論敵人企圖動什麼手腳，老夫都會憑這把劍直接砍過去。

老夫無視那傢伙說話，砍倒鐵人偶，那傢伙無奈地嘆了口氣，念起一長串咒文。

哦……這就是用魔石的理由嗎？

能讓此等實力的人用魔石節省魔力，念這麼長的咒文，代表他想用大招。

嘗試接下那招固然有趣，但現在可是在認真戰鬥。看老夫在你念完咒前砍了你！

『校長！當千先生！這只是比賽，請兩位注意不要太過分了！』

「囉嗦！」

老夫聽見疑似那傢伙徒弟的聲音……比賽？那什麼鬼？

那傢伙想取老夫性命，自然無須留情！

因此，老夫砍碎步步逼近的鐵人偶，衝向前方……

「擋路！」

那傢伙卻一面念咒，一面與老夫保持距離，鐵人偶也只會站得遠遠的，一隻隻攻過來！

混帳東西，如果它們一口氣全上，就能一次解決了……鐵人偶只是用來牽制老夫用的嗎？令人火大，但這用法挺聰明的。

「不過，別以為這樣就能阻擋老夫！」

老夫朝那傢伙所在的位置使用「衝破」，想將他連著鐵人偶一起轟飛，可惜因為他一直移動，不小心打偏了。

儘管如此，剛才那擊為老夫開出了一條路，於是老夫無視其他鐵人偶，追著那傢伙跑，那傢伙竟躲到從旁衝過來的鐵人偶背後。

「天真……」

摻了鐵的人偶，怎麼可能擋得下老夫的劍！

老夫要把你連著那個人偶一刀兩斷！

「喝啊啊啊啊啊啊——咿!?」

然而，劍上並沒有傳來砍到人的手感，因此老夫確認了一下，只有跟那傢伙同樣大小的人偶一分為二，倒在地上。

仔細一看，不只這一隻。老夫環顧四周，到處都是跟那傢伙體積相同的人偶。

「竟然中了這種小伎倆。」

老夫以為砍中了那傢伙，不小心興奮過度。

要區分哪個是本尊太麻煩，那傢伙的咒文八成也快念完了，於是老夫放棄妨礙他施法，決定砍掉這些人偶。

明知道這麼做毫無意義……看到那傢伙的作品就是會想砍。

老夫花了點時間把周圍的人偶統統砍爛，那傢伙才終於現身。

他一臉錯愕，跟平常從容不迫的表情比起來順眼多了。

「……你真的是只遵循本能生活呢。」

「終於念完咒啦。讓老夫等那麼久，想必值得期待囉？」

「嗯，本來我還在猶豫，一想到你會怎麼做，就決定用這招了。」

他指向天空，巨大岩石從天而降。

大小跟老夫剛才砍碎的石頭完全不能比，彷彿一整座山掉下來……老夫對這魔法有印象。

老夫退隱山林前，在當盜賊殺手的時候，那傢伙用這招把老夫連盜賊一起轟了。

當時雖然驚險地把石頭砍碎了，這次的山卻比以前大上好幾倍。

「這是我最強的土魔法『山崩』。比以前更大更硬，別以為這次可以輕易砍碎它。」

「你這傢伙……好死不死偏偏用這招。」

「那是你自己無視作戰計畫行動導致的結果。還有，你認識的天狼星可是正面破解了這個魔法喔？你打算怎麼用那把小小的劍防住它？」

跟那塊石頭比起來，老夫的劍確實顯得很小，不過……敢說老夫的劍小，不可饒恕。

撇除要讓那傢伙大吃一驚這一點，既然天狼星都破解這招了，老夫可不能落於人後。

「哈哈哈！有趣……放馬過來！」

「嗯，我會幫你撿骨，你放心去吧。」

「你才是！」

老夫擺出剛天的架式，迎擊從正面逼近的巨山。

「剛破一刀流……基本又究極的一刀……」

這是用來對付天狼星的殺手鐧，然而尚未完成。

威力雖然無處可挑，以現在的狀態，肯定會被天狼星躲過。

沒錯……要等老夫確信能砍中那傢伙時，這一招才算完成。

然後，等那小子變得跟老夫一樣強時……不，現在不該分心想這些。

專心處理眼前這座山，還有讓那個令人不爽的妖精垮著一張臉吧。

「唔喔喔喔喔喔喔喔喔喔喔——！」

—— 莉菲爾 ——

羅德威爾叔叔和萊奧爾先生同時使出的最強攻擊。

用一個詞形容當時的狀況……無聲。

岩石碎片的落地聲等各種聲音，當然傳遍了賽場，不過萊奧爾先生的那一劍，連劃過空氣的聲音都沒發出。

巨大岩石撞上地面的瞬間，我以為萊奧爾先生失手了，那塊石頭卻像發生了什麼誤會般一分為二。

「剛才那招……到底是？」

「……不清楚。我也從來沒看過。」

連跟萊奧爾先生交手過好幾次，每天都被打得遍體鱗傷的梅爾特都沒見識過。

我接著望向站在旁邊的賽妮亞，她也搖頭表示不知道。

「就我看來，萊奧爾先生好像只是把劍揮下去。」

「對呀，等我發現的時候，劍已經砍到底了。」

「恐怕……不只如此。他說剛破一刀流是將一切灌注在一擊上的流派，說不定我們目睹了究極的一擊。」

「唉……真是個怪物。」

繼天狼星之後，這是第二個能正面破解叔叔的「山崩」的人。

異次元的戰鬥令我吁出一口氣，分成兩半的山砸到地上，導致賽場用力搖晃。

衝擊波和四散的石塊，震得包圍賽場的防護罩用力晃動，幸好勉強撐住了。

部分觀眾在山砸下來前就逃之夭夭，但我不只有賽妮亞跟梅爾特，還有麥格那老師在保護我，沒必要逃跑。

再說，如果攻擊強大到這三個人都防不住，逃了也沒用。

「不愧是最強之人。如果哪一天他變成敵人，怎麼樣才打得贏？」

不要與之為敵當然是最好的，可是萊奧爾先生是冒險者，被敵人雇用的可能性並不是零。得先設想最壞的情況。

聽見我的問題，賽妮亞和梅爾特開始思考，先想到答案的賽妮亞舉手回答。

「若他是受雇於人，用更高的報酬拉攏他吧。至於完全敵對的情況，一邊將他引到大本營外，一邊拖延時間，趁機打倒敵人的頭目。」

「或是……用同等級的戰力對抗他。」

這樣頂多只有羅德威爾叔叔。

果然得把贏過萊奧爾先生的天狼星拉到我這邊。

所以要牢牢抓住他喔……莉絲！

不過萬一他敢害莉絲哭，看我訓他一頓。

「話說回來——雖然我不知道這還稱不稱得上比賽——比賽結果如何？」

山掉下去時揚起的沙塵，害我們完全看不清楚狀況。

通常叔叔會用風魔法幫忙吹散，他沒有這麼做，代表……

「莉菲爾殿下，我在沙塵中感覺到有人在移動，戰鬥尚未結束。」

「在那麼混亂的狀況下，我的老師也免不了被拉近距離。那兩個人現在似乎在擂臺中央交戰。」

專攻土魔法的麥格那老師，好像能藉由把手貼在地上掌握情況。

是說叔叔，你跟那個劍術高手打肉搏戰沒問題嗎？

雙方都毫不留情發動攻擊，真的不會有事嗎？在我擔心之時，兩個人影……叔叔跟萊奧爾先生突然從沙塵中衝出來。

「你這傢伙！竟然留了一手！」

「呵呵呵！跟天狼星切磋過獲得成長的，可不是只有你！」

令人驚訝的是，叔叔輕鬆地躲開萊奧爾先生威力如暴風的斬擊。

我知道叔叔不是不能打肉搏戰，然而現在跟與天狼星交手的時候不同，對方可是肉搏戰的高手，再說，叔叔的動作有那麼俐落嗎？

「那是模仿自天狼星的『增幅』。不過那個魔法異常消耗魔力，無法長時間維持。」

麥格那老師補充道，那個魔法是一把雙刃劍，使用後身體會痛一段時間，無法正常行動。

叔叔表面看來很輕鬆，其實已經被逼急了。

「真纏人！『風霰彈』。」

「唔喔!?」

這次他用艾米莉亞的魔法轟飛萊奧爾先生。

即使是萊奧爾先生，要砍散數不清的小風彈也有難度。

但他仍然迅速拿起劍當盾牌，好敏銳的反射神經。

「嘖，癢死了！別以為這種小招數能打倒老夫！」

沒防住的四肢流出鮮血……對萊奧爾先生來說卻跟抓癢一樣。最強之人的身體真耐打。

「說這是小招數未免太失禮了。這個魔法不是我創造的，是艾米莉亞這孩子發明的實用魔法。你忘記了嗎？」

「多麼厲害的魔法！跟你的魔法等級完全不同。不對，你為什麼會用這個魔法！老夫絕不原諒你這個蠢貨！」

他對艾米莉亞的執著還是老樣子。

「就算是你的劍，也有許多砍不了的東西喔。『海嘯』。」

那是……叔叔會用的最強水魔法，召喚大量的水用大海嘯沖走對手。

跟剛才的岩石不同，我不覺得憑一把劍有辦法抵禦海嘯，然而……

「喝啊啊啊啊啊啊啊——！」

……他砍下去了。

看來那個人跟天狼星一樣，不能按常理判斷。

對了……叔叔召喚的水把沙塵都洗掉了。

拜其所賜，終於能看清擂臺，我發現有個明顯和比賽開始前不同的地方。

「莉菲爾殿下……那是……」

「嗯，快去確認災情。」

萊奧爾先生砍碎「山崩」的時候，把前方轟出一個漂亮的大洞。不只地面和觀眾席，整個鬥技場都被他砍了。

痕跡貫穿鬥技場，從這裡根本看不出延伸到哪裡。幸好那個方向是山，不是有人居住的地區。

萊奧爾先生也是知道那裡沒人才敢揮劍的——但願如此。

我拜託賽妮亞前去確認，這時擂臺上有了新的動靜。

「那麼這招如何！『暴風』。」

「唔啊啊啊啊啊啊啊啊啊——！」

……覆蓋住整個擂臺的巨大龍捲風，被砍成兩半。

「欸，梅爾特。你做得到嗎？」

「以前我大概會回答您不可能，但現在不一樣，我跟當千先生交手過那麼多次。總有一天……我一定會做到。」

「呵呵，你也成長了嘛。」

「全是為了保護您。」

我知道的，無論你被萊奧爾先生打倒多少次，都會每天去找那個人挑戰，渴望變強。

我用微笑回應梅爾特筆直的目光，賽妮亞回來跟我報告情況。

幸好沒有釀成死傷，頂多只有幾個人被石頭碎片割到。

我事前就聲明過想觀戰的話，得做好死在這裡也無所謂的覺悟，所以不管發生什麼事，我都不接受任何抱怨。

那麼……是時候結束了。

放著不管會害災情更加嚴重，而且叔叔的魔力有限，跟體力深不見底的萊奧爾先生不同。

「賽妮亞，梅爾特，開始準備。」

「是！」

隨著我一聲令下，賽妮亞拿出擴音用魔導具，梅爾特則奔向鬥技場內部。麥格那老師見狀，疑惑地歪過頭。

「那個，莉菲爾殿下，請問您打算如何阻止那兩個人？」

「我已經掌握他們的弱點了。賽妮亞，好了嗎？」

「請您稍待片刻。啊……啊——咳。天狼星少爺——」

「這個聲音……是艾米莉亞？」

「沒錯。這是賽妮亞的特技之一，聲帶模仿。」

男聲的話有點勉強，不過只要是女聲，大部分的人都能模仿。

賽妮亞調整細部的期間，梅爾特帶著賈爾岡商會的店長過來，大概是準備好了。

「讓您久等哩。您要的商品送到了。」

「公主，準備完畢。」

「我也好了。」

「好！立刻動手！」

賽妮亞算準時機，在叔叔和萊奧爾先生暫時拉開距離時啟動魔導具，深吸一口氣。

『萊奧爾爺爺！我準備了一個大蛋糕喔！』

「艾米莉亞⁉」

「這是⁉多麼壯觀的蛋糕啊！」

效果十分顯著，兩人幾乎在同一時間轉頭看過來，眼睛閃閃發光。

真是……你們明明動不動就吵架，默契卻這麼好。

噢，沒空給我傻眼了。

他們終於停止動作，得趁現在收尾才行。

「停——比賽結束囉！再繼續打下去，這個蛋糕就由我們自己享用。」

「我明白了，立刻停手！」

「艾米莉亞在哪裡⁉是爺爺喔！」

「你是不是聽錯了？啊，對對對，如果你想知道艾米莉亞在阿德羅德大陸的哪個地方，請把劍收好。」

「唔⁉」

前幾天，莉絲寄的信上有說接下來要去哪座城鎮，因此我並沒有說謊。

總之這樣他們倆就安分下來了，我鬆了一口氣。

『嗯——魔法大師的魔法果真厲害。』

『不不不，統統用一把劍破解的剛劍才厲害。』

『劍與魔法達到顛峰之境的兩位最強的戰鬥……實在精采。』

觀眾席傳來稱讚兩人的聲音……每次聽到我都會差點忍不住嘆氣。

畢竟他們打架的原因……

『等一下！邊邊是我要吃的部分！』

『煩死了。只不過是一小口蛋糕，吵什麼吵。』

『這哪叫一小口！你的一口是三個好不好！』

是因為萊奧爾先生偷吃叔叔的蛋糕。

真的是很無聊的理由，連我都無言以對。

可是呢，我也不是不能理解叔叔的心情……

「所以得懲罰他一下。賽妮亞！」

「咳……我討厭偷吃人家蛋糕的爺爺！」

「唔!?」

「最討厭了！今天晚餐沒你的份！」

「唔喔喔喔喔喔——!?這不是艾米莉亞……可是……別用那個聲音講這種話！」

萊奧爾先生難過得在地上打滾，讓他再痛苦一陣子吧。

叔叔得意地看著萊奧爾先生。

「呵，自作自受。」

「叔叔，你在說什麼呀？你也一樣喔。」

「咦？」

我開始將蛋糕送入口中，吃給傻眼的叔叔看。

嗯……好吃。起司蛋糕果然是最棒的。

「你以為這場戰鬥釀成了多嚴重的災情？你也看見那個慘狀了吧？」

「不、不不不，不關我的事，是那個男人……」

「麻煩你快點修理好鬥技場。在那之前不准吃蛋糕。」

「哪有這樣的!?竟然不准我吃看起來如此美味的蛋糕。麥、麥格那？你當然會幫忙吧？」

「我站在莉絲爾殿下這一邊。」

「……你真的是一扯到甜食就毫無人性。」

「最討厭把城牆和鬥技場的牆壁砍壞的爺爺了！」

「唔唔……誤會！還不都是牆壁太脆弱……」

「……對食物的怨恨真可怕哩。」

「在各種意義上。」

番外篇《後繼者們》

將多魯加偽裝成自殺後，過了數日，我被前聖騎士爺爺叫到他房間。

他希望我獨自前來，肯定是不希望被其他人聽見的內容。

前聖騎士的房間內，不只放著精心打磨過的武器，還有調製藥劑的器具，有股綠色的氣味。

「你來啦。坐一下，很快就好。」

「你在做什麼？」

「其實我的徒弟剛才訓練時受了傷，我在幫他調製傷藥。」

他的徒弟因為太想快點變強，不小心努力過頭。不過傷勢並不嚴重，現在在房間休息。

「那請別人用治療魔法治療如何？莉絲的話一下就能治好。」

「謝謝，可是聖騎士經常獨自行動，也會遇到無法依賴魔法的時候。我想趁現在讓他體驗不能馬上接受治療的狀況。」

既然要繼承負責暗地行動的他，也得讓那名徒弟盡早習慣疼痛。

他看起來對藥草也很瞭解，那個技術總有一天也會傳授給弟子吧。

順帶一提，他正在調配的是提高身體治癒力的藥，我掃了架上的藥草一眼，看到幾種視組合方式而定，可以用來暗殺的毒物。

此外，房內各個角落好像還有可以藏武器的空間，是個氣氛與米拉教神殿格格不入的地方。

在我觀察的期間，前聖騎士調完藥了，我跟他面對面坐到椅子上。

「那麼，你叫我來的目的是？」

「之後我查到許多多魯加的情報，覺得該跟你說一聲。」

當時我用酒和擬似自白劑讓多魯加招供的情報，全跟這位前聖騎士報告了。

他以此為根據調查多魯加的所作所為，查到了一些事，才把我叫來。

「多魯加做出那種事的理由……八成跟你想的一樣。」

「果然被掉包了？」

米拉教的教皇是光憑眼神就能看出對方本質的人。

因此我不認為那個教皇會沒發現長年擔任大主教，支撐米拉教的多魯加內心的慾望。

當然也可能是他的觀念隨時間改變，或是純粹把本性藏得很好……然而就算他擅長掌控人心，也沒厲害到足以瞞過教皇的雙眼。

因此我推測可能是教皇和前聖騎士出去傳教後，有個跟多魯加容貌相似的男人取代了他，結果被我料中了。

「信徒說一年前……多魯加有段時間身體狀況不佳，不僅如此，行為舉止還很可疑。但這段時期沒有持續多久，所以其他人也沒放在心上，恐怕就是在那時掉包的。」

徹底扮演成別人是非常困難的一件事。

不過米拉教特有的鬆懈氛圍，加上多魯加深得信徒的信任，沒有半個信徒懷疑他，假貨也憑那張嘴順利偽裝成了多魯加。

「那傢伙喝醉時告訴我，他把真正的多魯加丟去給魔物吃了。得知真相的人已經不在人世，我們也無法確認就是……」

「確實有可能是他胡謅，但若是如此，一切就說得通了。多魯加對教皇來說是優秀的部下，也是值得信賴的好友。所以他才讓多魯加擔任大主教。」

「你跟教皇說過了嗎？」

「……我沒那個打算。事到如今，就算知道真相，也改變不了米拉教做過的行為，重點是講了只會讓教皇難過。」

他打算將真相藏在心中，帶進墳墓嗎？

這樣他還願意告訴我，可見他對我有多麼信任。

「唯一的遺憾就是沒能安葬真正的多魯加。他是發自內心相信米拉教的男人。」

想起過去的同胞，前聖騎士哀傷地垂下視線，在轉換話題的同時露出苦笑。

「儘管失去了這麼多東西，還是有收穫的。阿修莉有了大幅度的成長，教皇也終於下定決心。」

以這起事件為契機，教皇決定中止傳教之旅，正式開始栽培阿修莉。

「聽見他說要定下來時，我鬆了一口氣。如果佛尼亞沒發生這種事，他大概會再去旅行一、兩次。」

「我明白這樣講很失禮，可是他都一把年紀了，未免太危險……」

「我理解你的心情，但教皇就是這樣的人。實際上，他在我照顧不到的地方遇過好幾次危機，那個人卻心平氣和地笑著跨過難關。」

儼然是被女神所愛的男人──前聖騎士無奈又果斷地斷言。

他們認識那麼久，想必擁有我無從得知的羈絆。看到這兩個在不同於夫妻的意義上陪對方走過一生，宛如戰友的人，我想起上輩子的夥伴。

之後我又跟他聊了一下，才離開那裡，看見莉絲和阿修莉在神殿前的噴水池處。

空中飄著好幾顆水球，看來莉絲正在教她用魔法。

「啊啊……又不見了。」

「沒關係的，想想米拉大人借妳力量時的感覺。」

不使用魔導具就看不見精靈的阿修莉，現在已經會用類似精靈魔法的魔法，推測是接觸到米拉的力量，導致她覺醒了。

然而跟莉絲比起來，阿修莉的力量明顯較弱，控制不住，陷入苦戰。

「明明治療魔法就沒問題，為什麼其他魔法會這樣呢？」

「那是因為精靈回應了妳想治療他人的心意。也就是說，重要的是意念。」

「意思是我的意念還不夠強烈囉？好……再一次！」

「……真努力啊。」

一名少年躲在隱蔽處，偷看情同姊妹的兩人。

我記得那是……前聖騎士準備栽培成後繼者的克里斯嗎？

聽說他訓練時受了傷，正在休息，沒想到會為了一見鍾情的阿修莉特地跑來這邊。

「你在這做什麼？」

「哇!?對、對不起！擅自跑到外——噢，原來是天狼星先生。」

我們已經經由前聖騎士的介紹認識過，看到跟他搭話的人是我，克里斯放下心來。

「那個……對不起。我立刻回去，請您幫我保密。」

「我不會跟別人說啦。別站在這偷看了，直接去找阿修莉聊天如何？你們又不是沒見過面？」

「不過，我還不是負責保護阿修莉的聖騎士……」

「克里斯，你有點誤會了。所謂的保護不只限於身體，連對手的心靈也要一併支撐，才是真正的保護喔？」

「連心靈也要……嗎？」

保護對手不受到災難的波及，僅僅是自我滿足。

瞭解該保護的對象，一面煩惱一面摸索答案，成為對方的心靈支柱，才是克里斯想成為的聖騎士……不對，才是守護阿修莉的騎士。

「為此得先加深彼此間的認識。不要一直這麼害羞，過去找阿修莉說話吧。」

「但我還是……」

「啊，天狼星前輩。克里斯也在呀。」

「克里斯？」

這時莉絲發現我的存在，開口跟我打招呼，克里斯終於放棄掙扎，乖乖走出來。

同時，阿修莉發現克里斯身上纏的繃帶，急忙跑向這邊。

「克里斯，你受傷了嗎!?」

「一點小傷而已。這點傷很快就會好，我之後也會去拿藥。」

「不行！我馬上幫你治療，別動喔。」

「嗯、嗯……」

克里斯的傷轉眼間就開始癒合，看來即使阿修莉聽不見精靈的聲音，精靈依然願意回應她的心意。

雖說是為了治療，身體被阿修莉碰到，讓克里斯羞得滿臉通紅。接著，他鼓起勇氣開始跟阿修莉聊天。

這種時候就該讓他們兩人獨處。

我對莉絲使了個眼色，莉絲大概也跟我有同樣的想法，笑著點頭，我們便慢慢離開。

然後移動到附近的遮蔽物後面，偷偷觀察他們，那裡卻已經有人了。

「真是……浪費我調的藥。」

聖騎士一手拿著藥劑，傻眼地靠在牆上，八成是發現克里斯不在房間，出來找他的。

「這個過程對他們而言是必須的。我也該負一部分責任，可以原諒他嗎？」

「我也拜託你了。看他們這麼青澀，好可愛喔。」

「……是啊。這次就放過他吧。」

想守護他人的堅定意志，就是從如此單純、率直的想法萌生而出。

我們帶著溫柔的表情，看著未來想必會成為米拉教支柱的兩人。

後記

各位好久不見。我是ネコ。

託各位的福，本作終於迎來第八集，漫畫第三集也發售了。

協助本作出版的諸位人士，用插圖為本作增添色彩的 Nardack 老師。以及閱讀本作的各位讀者……真的非常感謝。

今後我也會繼續加油。

那麼……第八集是天狼星一行人牽扯上某宗教團體的問題的一集，其實這是目前最令我不安的故事。

這一篇的 WEB 版我因為寫得太隨便，導致不知道該如何收拾，暴露出自身的經驗不足。當時我拚命設法讓劇情連貫，猶豫著寫到最後，卻留下令人有點懊悔的結果。

因此我大幅調整了劇情，都快趕不上截稿日了，好不容易才修改完畢，有沒有變得比較好呢……

我想每個人的喜好都不盡相同，若能讓各位看得開心就太好了。

但願能在下一集跟各位見面……再會。

國家圖書館出版品預行編目資料

WORLD TEACHER異世界式教育特務 / ネコ光一作 ;
Runoka譯. -- 初版. -- 臺北市 :
尖端, 2019.1- 冊 ; 公分
譯自 : ワールド.ティーチャー : 異世界式教育
エージェント
ISBN 978-957-10-7527-3(第4冊 : 平裝)
ISBN 978-957-10-7746-8(第5冊 : 平裝)
ISBN 978-957-10-7939-4(第6冊 : 平裝)
ISBN 978-957-10-8049-9(第7冊 : 平裝)
ISBN 978-957-10-8415-2(第8冊 : 平裝)

861.57　　107000779

浮文字

WORLD TEACHER 異世界式教育特務 8

（原名：ワールド・ティーチャー - 異世界式教育エージェント- 8）

著　者／ネコ光一　封面插畫／Nardack　譯者／Runoka
發 行 人／黃鎮隆　副總經理／陳君平
總 編 輯／洪琇菁　國際版權／黃令歡、李子琪
執行編輯／楊國治　美術編輯／陳又荻
文字排版／謝青秀　企劃宣傳／邱小祐、劉宜蓉
出　版／城邦文化事業股份有限公司 尖端出版
台北市中山區民生東路二段一四一號十樓
電話：（〇二）二五〇〇－七六〇〇
傳真：（〇二）二五〇〇－二六八三
E-mail：7novels@mail2.spp.com.tw
發　行／英屬蓋曼群島商家庭傳媒股份有限公司城邦分公司 尖端出版
台北市中山區民生東路二段一四一號十樓
電話：（〇二）二五〇〇－七六〇〇（代表號）
傳真：（〇二）二五〇〇－一九七九
北部經銷／祥友圖書有限公司
電話：（〇二）八五一二－三八五一
傳真：（〇二）八五一二－四二五五
中彰投以北經銷／楨彥文化行銷股份有限公司
（含宜花東）
電話：（〇二）八九一九－三三六九
傳真：（〇二）八九一四－五五二四
雲嘉經銷／智豐圖書股份有限公司 嘉義公司
電話：（〇五）二三三－三八五二
傳真：（〇五）二三三－三八六三
南部經銷／智豐圖書股份有限公司 高雄公司
電話：（〇七）三七三－〇〇七九
傳真：（〇七）三七三－〇〇八七
一代匯集／香港九龍旺角塘尾道六十四號龍駒企業大廈十樓B &D室
電話：（八五二）二七八三－八一〇二
傳真：（八五二）二七八二－一五二九
馬新經銷／城邦（馬新）出版集團Cite (M) Sdn. Bhd.
E-mail：cite@cite.com.my
法律顧問／王子文律師 元禾法律事務所
台北市羅斯福路三段三十七號十五樓
二〇一九年一月一版一刷

版權所有・翻印必究
■本書若有破損、缺頁請寄回當地出版社更換■

© 2018 by Koichi Neko
First published in Japan in 2018 by OVERLAP, INC.
Complex Chinese translation rights reserved by Sharp Point Press, a division of Cite Publishing Limited.
Under the licence from OVERLAP, INC., Tokyo.
■中文版■

郵購注意事項：
1.填妥劃撥單資料：帳號：50003021戶名：英屬蓋曼群島商家庭傳媒(股)公司城邦分公司。2.通信欄內註明訂購書名與冊數。3.劃撥金額低於500元，請加附掛號郵資50元。如劃撥日起 10～14日，仍未收到書時，請洽劃撥組。劃撥專線TEL：(03)312-4212 ・ FAX：(03)322-4621。E-mail：marketing@spp.com.tw